Luís Dill

1ª edição – São Paulo – SP – 2023

O almanaque de Lia
Copyright © Luís Dill
Copyright © Carla Chagas
Copyright © para esta edição: Palavras Projetos Editoriais Ltda.

Responsabilidade editorial: Ebe Spadaccini
Coordenação editorial: Vivian Pennafiel
Edição: Bruna Nascimento
Preparação: Marcelo Nardeli
Revisão: Simone Garcia (coord.), Camila Lins e Sílvia Almeida
Edição de arte: Simone Scaglione e Walmir Santos
Projeto gráfico: Carla Chagas
Diagramação: Lilian Og e Walmir Santos
Livro Digital: Booknando (coord.), Márcia Romero, Rogério Donizete de Souza Silva e Teresa Lucinda Ferreira de Andrade
Descrição de imagens: Beatriz Pollo
Assessoria pedagógica: Cibele Lopresti Costa e Tággidi Mar Ribeiro
Material de apoio ao professor: Daniel Carvalho (ed.) e Diana Brito (prep.)

Dados Internacionais de Catalogação na Publicação (CIP) de acordo com ISBD

D578a   Dill, Luís

            O almanaque de Lia / Luís Dill ; projeto gráfico de Carla Chagas. - São Paulo : Palavras Projetos Editoriais, 2023.
            160 p. ; 13,5cm x 20,5cm.

            ISBN: 978-65-84633-86-5

            1. Literatura infantojuvenil. I. Chagas, Carla. II. Título.

2023-546   CDD 028.5
                                                     CDU 82-93

Elaborado por Vagner Rodolfo da Silva - CRB-8/9410
Índice para catálogo sistemático:
1. Literatura infantojuvenil   028.5
2. Literatura infantojuvenil   82-93

Todos os direitos reservados à Palavras Projetos Editoriais Ltda.
Rua Padre Bento Dias Pacheco, 62, Pinheiros
São Paulo – SP – CEP 05427-070
Tel. +55 11 2362-5109

www.palavraseducacao.com.br
faleconosco@palavraseducacao.com.br

O ALMANAQUE DE LIA

Luís Dill

PALAVRAS

1ª edição – São Paulo – SP – 2023

Todos vocês são irmãos.
Mateus 23:8

Rogério ouviu o ruído agudo, de ferir os sentidos.

Em seguida, outro som, seco e com timbre de catástrofe.

Atropelamento.

Ele estava na parada de ônibus e viu tudo, em especial os segundos anteriores ao impacto, quando seus olhos se fixaram na moça. Encantou-se na hora porque, mesmo à distância, achou-a linda. Cabelos castanhos escorridos emolduravam o rosto harmônico. Era alta e o corpo alongado lhe sugeriu perfil de nadadora. Usava um vestido floral e tênis. Pendurada no ombro, a mochila. Para Rogério, ela transmitia simpatia, gentileza e frescor. Ele achava que algumas pessoas tinham sempre o aspecto de banho tomado, não importando a circunstância.

Calculou a idade dela em 16 ou 17 anos. Rogério tinha 14 e aquilo o atraiu de vez. Gostava de observar as gurias maduras, o modo como se comportavam e se vestiam. Ao mesmo tempo, elas o intimidavam, mas não a moça se aproximando da avenida, focada no celular, os dedos frenéticos a digitar.

Então, sem prestar muita atenção, ela desceu a calçada. Rogério viu. Abriu a boca, mas suas palavras estavam secas, trancadas. A moça nem tirou os olhos do aparelho, distraída.

O freio foi acionado, mas já era tarde.

O corpo dela foi jogado ao ar ainda dentro do eco daqueles barulhos medonhos.

As pessoas em volta de Rogério soltaram um *aaah* prolongado, dolorido. As mulheres cobriram a boca, enquanto os homens levaram as mãos à cabeça.

O automóvel deslizou pelo asfalto deixando atrás de si uma fumaça esbranquiçada. A borracha riscou no pavimento seu trilho escuro e encheu o ar com cheiro de pneu queimado.

Desfigurada pela confusão do choque, a moça despencou em desordem, e da mochila dela espirraram coisas.

O instante foi de desgraça, de imobilidade. Durou longos dois ou três segundos. Todos correram ao local do acidente. Quem aguardava o ônibus, quem estava no interior das lojas, os pedestres que cruzavam a avenida, todos foram acudir.

Quase todos.

Rogério permaneceu onde estava, prisioneiro do momento anterior.

O trânsito estancou. Exceto por ele, tudo em volta se movia com cores vibrantes. O menino escutou as pancadas do seu coração, uma veia grande palpitou no seu pescoço. Seu sangue aqueceu e adivinhou o próprio rosto passando do branco assustado ao rosado pânico. Não conseguiu seguir a espontaneidade das reações alheias. Todos se mexiam, falavam, se horrorizavam. Ele seguia imóvel.

Moveu os olhos e viu junto ao bico de seu tênis direito uma lasca alaranjada. Pensou logo nos pedaços do desastre. Seria um fragmento da lanterna do veículo?

Concentrou-se: era outra coisa. Voltou a respirar e lutou contra a imobilidade. Abaixou-se, fingiu amarrar o cadarço do tênis e viu

que era um *pen drive*. Recolheu-o, ergueu-se e seguiu observando a movimentação em torno da trágica cena urbana.

Pelo emaranhado de vozes ficou sabendo que a vítima estava inconsciente. E pelo choro alto descobriu que quem dirigia era uma motorista. O senhor de terno tomou a iniciativa de desviar o tráfego pelo corredor de ônibus, afinal a cidade precisava manter seu ritmo. Outro homem, mais novo, ficou junto ao corpo da moça atingida certificando-se de que ninguém a tocaria até a chegada da ambulância.

Vários telefones chamavam a polícia, os bombeiros, o Samu. Não faltou quem gravasse o episódio em vídeo.

A bordo do ônibus, na hora de passar seu cartão na roleta, Rogério percebeu ainda segurar o *pen drive* da moça atropelada. Pela forma como a mochila se abriu, só podia ser dela. Era um Kardia de 32 *gigabytes*, cor de laranja e prata.

Guardou o dispositivo na mochila com a ética de um ladrão. Por que o pegou? A pergunta era simples. A resposta, nem tanto.

Aconteceu em tarde agradável de março. Passava pouco das 13h00.

DOIS

Vestiu o jaleco azul e bege, ajustou o crachá no peito e, embora quisesse muito estar em casa, instalou-se no setor de ferramentas.

Disco de corte, serra circular metal duro para madeira com 18 dentes, código 750/87343340. Chave estrela hexagonal 12 × 13 mm, código 750/88550882. Betoneira com motor monofásico 127 V (110 V), código 750/89364170.

Quando Rogério conseguiu aquele estágio na Dirceu Ferragem Múltipla, o dono pediu que ele começasse decorando o *slogan* da companhia: *Nossa casa é sua casa*.

— O resto tu aprende com o tempo — seu Dirceu dissera.

Material de construção, encanamentos, ferragens, madeiras, pintura, esquadrias, sanitários, ferramentas, iluminação, jardinagem, cerâmica, ar-condicionado, tapetes, itens de decoração e muito mais. A loja era bem grande.

Nas poucas ocasiões em que não atendia clientes, a imagem da moça atropelada preenchia seus pensamentos. O ruído, o corpo em voo, a queda, o povo em volta. Ela teria morrido? Rogério tinha certeza, sim, o impacto fora forte, a julgar pelo barulho. Coitada. Nunca tinha visto ninguém morto. Era muito jovem e bonita, lamentou, como se tais características tivessem o poder de impedir tragédias.

O *pen drive* na sua mochila também o incomodava. Por que o trazia consigo? Se sua mãe ou seu pai estivessem junto, nunca o teriam deixado guardá-lo. O correto seria se aproximar e explicar a situação àquele homem junto da moça. Ele colocaria o dispositivo de volta na mochila da vítima e pronto. Como, aliás, as outras pessoas fizeram. Cadernos, livros, estojo, garrafa de água e tudo mais expelido da mochila fora depositado no lugar de origem. Exceto o *pen drive*. Rogério tinha consciência. Deveria ter feito o correto. Mas não fez.

A senhora de cabelos brancos cobertos por uma tonalidade arroxeada veio falar com ele. Buscava um tanque de lavar roupas. Ele explicou que havia peças de plástico, de fibra de vidro, de marmorite, resina, inox e de louça. Rogério aprendia rápido e era prestativo.

— Inox — ela disse.

Levou-a até a seção de tanques. Falou sobre formato, capacidade e acabamento. Ela optou pelo tanque simples, retangular em aço inox cromado, de 27 litros, código 750/89142963.

Ela agradeceu o auxílio e perguntou se ele estava bem, pois o achava pálido e amuado. Rogério desconhecia o significado da palavra *amuado*, mas deduziu não ser coisa boa.

— Vi uma moça ser atropelada hoje — ele disse.

Falar sobre o episódio o aliviou, mas o furto do *pen drive* ainda o intrigava. Além disso, outra pergunta começou a insistir em seus pensamentos: por que tinha ficado quieto quando viu a moça em perigo?

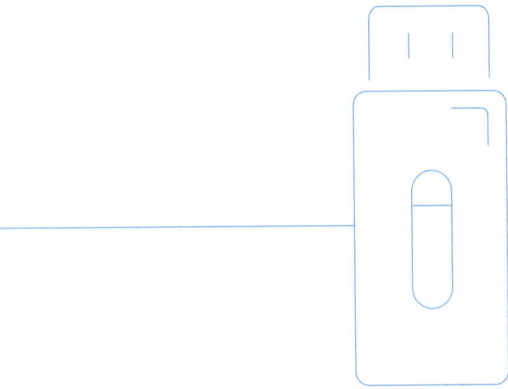

TRÊS

À noite, mal deu *oi* à mãe e instalou-se em seu quarto. Ligou o computador e viu como o processador rodava lento. A ventoinha assoviava sua cantiga de cansaço, digna de uma máquina de geração ultrapassada. Mas nem pensar em trocá-la. Fortunato, o pai de Rogério, fora demitido da fábrica de esquadrias de alumínio e estava desempregado havia quatro meses. A mãe, Maria, tinha administrado uma firma prestadora de serviços de limpeza e conservação para condomínios e empresas comerciais. Mas perdera o emprego na mesma época, em uma bizarra e apavorante coincidência. Agora ela fazia e vendia doces e salgados. O equilíbrio nas contas da casa se dava com cortes de despesas. Já tinham cortado a TV a cabo, certos produtos considerados supérfluos da lista do mercado, como iogurte, creme de chocolate e queijos, bem como a internet dos celulares, a manicure da mãe e as idas semanais ao *shopping*, onde em geral almoçavam e iam ao cinema.

A ventoinha prosseguia no seu esforço de iniciar o computador. Os segundos de espera soavam como longos minutos.

Seu sonho? Uma máquina com Intel Core i7, sétima geração, armazenamento SSD até cinquenta por cento mais veloz, 13,1 milímetros de espessura, 0,92 quilos, 12 polegadas, tela retina, bateria com até dez horas de duração. Prateado.

Maria apareceu na porta, perguntou como tinha sido no serviço.

— Foi tudo tranquilo — Rogério disse. Nem se virou ao responder. Teve medo de deixar transparecer no rosto a apreensão pelo pequeno furto praticado após o atropelamento. Maria comentou

que o pai ainda estava na rua e não atendia o celular. Rogério disse qualquer coisa e ela voltou à cozinha.

A tela piscou, vacilou, mas a paisagem lunar surgiu afinal. Pastas, atalhos e arquivos foram pipocando sobre a superfície cheia de pedra, vales e crateras. Achava a Lua um lugar sossegado.

Quem era aquela moça? A família já ficara sabendo do acidente? Ela teria mesmo morrido?

Por sorte, pensou, as recentes adequações econômicas da família não haviam atingido a internet de casa. Assim, podia pesquisar em alguns *sites* de notícias e ver se descobria algo.

Mas primeiro precisava investigar o conteúdo do *pen drive* Kardia de 32 *gigabytes* cor de laranja e prata.

Investigar ou bisbilhotar?

Conectou o dispositivo na entrada USB do seu computador. Luz verde e redonda começou a piscar no dorso do dispositivo. Em seguida, a janela retangular de reprodução automática surgiu no centro da tela. Disco removível F. Opções. Reproduzir, importar mídias, importar imagens e vídeos, abrir pasta para visualizar arquivos. Rogério escolheu a última opção.

Clicou.

A unidade USB mostrou coluna com oito pastas amarelas.
Arte. Aulas. Fotos. Lista. Músicas. Oficina Literária. Receitas. XX.

Clicou duas vezes na primeira pasta, e apareceram outras pastas. Dentro delas havia arquivos de texto e de imagem. Eram vários nomes e Rogério não reconheceu nenhum deles. Aldo Locatelli, Alice Esther Brueggemann, Anita Malfatti, Candido Portinari, Carlos Scliar, Claude Monet, Emiliano Di Cavalcanti, Jackson Pollock, Joseph Lutzenberger, Leonardo da Vinci, Pablo Picasso, Tarsila do Amaral, Vincent van Gogh.

Maria apareceu de novo. Usava avental e suava na testa. Hábil, Rogério minimizou a janela e simulou procurar algo na área de trabalho do computador.

— Ando preocupada com o teu pai — ela disse.

Comentou como ele saía todos os dias em busca de emprego e, naquela semana, voltava sempre depois das dez, cansado e sem ânimo de conversar. Ela sentou na cama, suspirou. Rogério sabia a hora que o pai chegava, a casa era acanhada, o portão do pátio rangia alto e a porta de entrada arrastava no assoalho.

— Ele tá se esforçando, mãe. Logo vai encontrar serviço.

— Pois é — ela disse, sem demonstrar entusiasmo, e acrescentou: — Passar o dia na cozinha não é para os fracos. — Aproveitou e criticou Rogério por mal ter falado com ela ao chegar.

— É que vi um negócio horrível hoje.

Contou sobre o atropelamento. A expressão de Maria o fez voltar a sentir o aperto na garganta de quando viu a cena.

— Vim pesquisar, ver se saiu alguma coisa.

Maria se abanou, levantou e fez renovadas recomendações a Rogério. Tomasse muito cuidado na rua.

— Eu tomo, mãe. Não esquenta.

Digitou a palavra *atropelamento* e o nome da avenida no *site* de busca. A ventoinha recomeçou a gemer, como se precisasse espremer a informação do sistema.

Por fim, apareceu a manchete.

Atropelamento deixa jovem em estado grave.

O texto era ilustrado por duas fotografias. A primeira apresentava a dianteira danificada do automóvel. Ficava evidente a gravidade do fato. A segunda exibia a condutora do veículo, uma mulher com as mãos na cabeça, olhar histérico, sendo amparada pelos agentes de trânsito.

A matéria informava o nome da vítima: Lia.

Sua idade: 16.

Seu estado de saúde: crítico.

Aldo Locatelli

QUATRO

ALDO DANIELE LOCATELLI nasceu em 1915, no subúrbio de Bérgamo, na Itália, em local chamado Villa d'Almé. Ele teve seu primeiro contato com a arte na juventude, ao observar a restauração de murais na igreja do seu bairro. Estudou na Escola de Arte Aplicada à Indústria Andrea Fantoni, em Bérgamo. Em 1932, por meio de uma bolsa de estudos, frequentou a Escola de Belas Artes de Roma. Em 1933, ingressou no curso de pintura da Academia Carrara de Belas Artes de Bérgamo.

Trabalhou como pintor sacro. Poucos anos depois foi convocado pelo Exército. Lutou na África Setentrional durante a Segunda Guerra Mundial. Foi ferido em combate e dispensado. Ao voltar à Itália, retomou seu trabalho de pintura e restauração em igrejas.

Em 1948, foi contratado para executar os murais da Igreja de São Francisco de Paula, em Pelotas (RS). Aldo Locatelli se encantou pelo Rio Grande do Sul. No ano seguinte, decidiu trazer a esposa e morar no Brasil. O casal teve dois filhos. Em 1951, o artista se naturalizou brasileiro e passou a ser contratado para realizar pinturas em várias cidades.

Em Porto Alegre, Aldo Locatelli pintou 23 murais no Palácio Piratini. A maioria deles se refere à lenda do Negrinho do Pastoreio. O artista morreu em 1962.

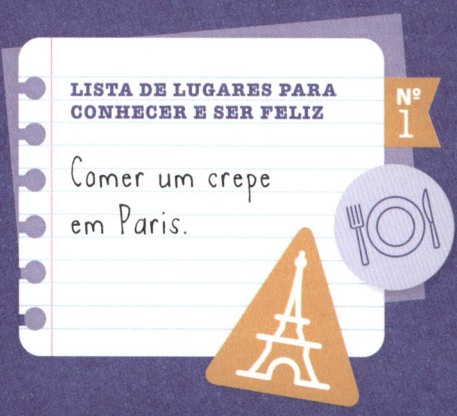

LISTA DE LUGARES PARA CONHECER E SER FELIZ — Nº 1

Comer um crepe em Paris.

CINCO

Rogério fechou o arquivo com a fotografia do afresco no saguão do Terminal 2 do Aeroporto Internacional Salgado Filho, em Porto Alegre (RS). Deu-se conta: nunca visitara o aeroporto. Porque nunca viajara de avião. Nem fora se despedir ou esperar por alguém. Seus pais nem sequer tinham carro. Prometeu a si mesmo que algum dia ia ver de perto a obra do pintor italiano radicado em Porto Alegre.

A próxima pasta era Aulas.

Duplo clique.

Pelos títulos, foi fácil deduzir o conteúdo: Análise combinatória, Botânica, Formação da economia global, Iluminismo, Past perfect continuous, Pronomes, Pré-modernismo, Química orgânica.

Correu o cursor até a última pasta: XX. Achou-a misteriosa, pressentiu ser algo importante. Abriu a pasta. No interior, apenas um arquivo de texto com o mesmo título, "XX". Abriu-o também. Surgiu a peculiar página cor-de-rosa. A fonte era Elegant Typewriter, tamanho 14, em preto.

Então?
Me apaixonei. Difícil admitir, porque ele é um cara popular e nunca simpatizei com caras populares. O pior de tudo é que o danado nunca me olhou. Quer dizer, o Sr. Popular já me olhou, claro. Mas eu falo de "olhar" de verdade. Ah, como eu gostaria...

Rogério clicou rápido e fechou o arquivo. A leitura daquelas poucas linhas foi outro golpe na sua consciência. Não bastava ter furtado o *pen drive* de uma moça à beira da morte? Agora ia xeretar o seu diário pessoal?

O portão do pátio anunciou a chegada de Fortunato. Rogério se levantou para avisar à mãe. Ela parecia preocupada. Parou, sentiu-se ridículo, como se também estivesse preocupado. Bem, estava, mas preferia negar. Além do mais, se ele ouvira o pai chegando, ela também tinha escutado.

Até o ano anterior, contavam com o Duque sempre de guarda na frente da casa. O vira-lata era grande, preto e branco, impunha respeito. Não era do tipo histérico, que late diante do menor movimento. O cachorro tinha filtro muito apurado na hora de identificar eventual ameaça, além de possuir instinto de proteção territorial. Um dia, Duque sumiu. Foi o maior tumulto. Os três o procuraram sem sucesso. Nenhum vizinho viu nada.

Fortunato sentou no sofá da sala e foi desabotoando a camisa. Maria veio com um copo de água gelada.

— Minha sorte tá mudando — ele disse.

Maria bateu palmas em movimentos curtos e rápidos, sorriu, quis saber detalhes.

Ele contou tratar-se de empresa de esquadrias na zona norte. Estavam contratando e ele tivera conversa com o dono, um sujeito de Curitiba, falador.

— Deus é pai — Maria disse, aliviada.

Após escutar a conversa, Rogério se aproximou sem demonstrar interesse, disse estar com fome, e Maria foi buscar algo na cozinha.

— Logo as coisas melhoram — Fortunato disse, senhor de si. — Tu vai poder largar o estágio na Ferragem, se quiser.

— Eu até que gosto — Rogério comentou. Não foi sincero. Tinha dias em que odiava o trabalho, em especial por causa dos clientes. Sentia-se reduzido e humilhado. Alguns pareciam encontrar prazer em fazê-lo buscar peças no depósito e, ao final, prometerem pensar, virarem as costas e saírem sem ao menos dizer um mísero *obrigado*.

— Na verdade, o paranaense precisa de sócio, parceiro — o pai disse em voz baixa. — Mas fica frio, depois eu conto pra tua mãe, tá? Tô negociando com o cara.

— Tá.

— Se eu entrar de sócio, aquilo lá vai crescer muito. — Tirou os sapatos sem desamarrá-los. Suspirou. — Além de saber fabricar e instalar, sei como lidar com funcionário. Se deixar os caras muito soltos, fazem tudo errado ou não trabalham.

Rogério concordou com a cabeça. Imaginou que o pai faria empréstimo no banco. Afinal, ele ia precisar colocar capital na empresa se fosse chamado para ser sócio. Ou seria outro tipo de sociedade? Ia perguntar, mas Fortunato o atalhou:

— Vamos ter carro. Com o adesivo da firma, mas melhor do que ônibus, né, parceiro?

Maria apareceu carregando dois pires. Rissoles de creme de milho, coxinhas de frango, croquete de carne e pastéis de calabresa.

SEIS

Antes de dormir, Rogério voltou a espiar o conteúdo do *pen drive*.

Abriu a pasta Oficina Literária. Havia um arquivo de texto com o título "Verde ou nada".

SETE

CAPÍTULO UM

Tudo começou por acaso.

Um homem se aprontava para pintar as paredes do corredor do segundo piso de sua casa. Já havia apanhado na garagem todo o material de que precisava: a lata de tinta, o rolo, o pincel e uma pilha de jornais velhos com os quais forraria o piso. Os quadros já haviam sido retirados. Afastou-se uns passos tentando calcular o tamanho do corredor e avaliar se a quantidade de tinta seria suficiente. Mas esbarrou na lata e o líquido verde começou a escorrer escada abaixo.

Foi como uma onda quebrando contra os degraus. E a onda verde avançou sem parar, indiferente ao desastre que ia produzindo. Só perdeu força quando alcançou o piso do primeiro pavimento. Lá embaixo terminou sua jornada, criando um pequeno lago no formato de uma língua verde.

Em poucos segundos, o homem ganhou uma escada de degraus verdes. Ele ficou muito preocupado, imaginando o que sua mulher diria. Ela vivia achando defeito em tudo e com certeza não aprovaria aquela novidade.

Contudo, quando a mulher viu o resultado do desastre, veio a surpresa.

"É a escada mais linda do mundo!"

Foi assim que começou.

O homem e a mulher se olharam e resolveram pintar a casa de verde. Primeiro, o assoalho do primeiro piso, depois, o assoalho do piso superior.

"Para combinar com a escada verde", a mulher explicou.

Gostaram do que viram.

Então compraram várias latas de tinta verde e atacaram as paredes do interior da casa. Mergulharam pincéis e rolos na tinta verde e pintaram, pintaram, pintaram.

Também gostaram do que viram.

Aí avançaram sobre as paredes do lado de fora da casa. Ao final da trabalheira toda, observaram o que tinham realizado e não ficaram satisfeitos. O que estava errado?

"É o telhado", disse a mulher.

"Sim", o homem concordou. "É o telhado. Vamos pintá-lo!"

Subiram e despejaram a tinta, cobrindo de verde todas as telhas, uma a uma. Desceram e começaram a caminhar em volta da casa, verificando a pintura. Dessa vez não descobriram nada de errado.

> Beijaram-se, felizes. Felizes por terem a primeira casa todinha verde da cidade.

CAPÍTULO DOIS

O casal de vizinhos do outro lado da rua observou a casa verde.

"Acha que são malucos?", perguntou ele.

"Hmmm... Até que ficou bonito", ela respondeu. "Gostei daquele telhado verde."

"Você fala sério?"

"E as paredes verdes combinam com o gramado!"

"É", concordou ele. "De fato, combinam mesmo."

A filha do casal apareceu. Também ficou admirada com o trabalho dos vizinhos.

"Paiê? Manhê? Vamos pintar nossa casa de verde?"

"Hmmm... Acho que é uma ótima ideia." A mãe parecia muito decidida.

"Que diabo", disse o pai. "Se eles podem, nós também podemos."

Saíram e voltaram com o carro cheio de latas de tinta verde.

"Ih, esquecemos os pincéis", a mãe lembrou.

"Como é que vamos pintar agora?", a filha quis saber.

"Esperem só um pouquinho." O pai coçou o queixo. Sempre coçava o queixo quando tinha uma ideia. "Tenho uma ideia!", ele falou.

Era bem simples: ele abria as latas e jogava a tinta verde na parede enquanto mãe e filha a espalhavam com vassouras. Elas concordaram e acharam bem divertido.

Funcionou.

Por dentro e por fora.

E por cima.

À noite, exaustos, lambuzados da cabeça aos pés de tinta verde, abraçaram-se felizes. Achavam o verde simplesmente lindo.

OITO

No intervalo, Rogério saiu em disparada rumo à biblioteca e conseguiu ocupar um dos dois computadores disponíveis aos alunos. Procurou notícias sobre a moça atropelada. Lia, de 16 anos. No dia anterior, seu estado era crítico. Nos *sites* de notícias mais populares não encontrou nada, apenas a notícia do dia anterior. Só no quinto *site* obteve novas informações.

Segue internada em estado grave a adolescente Lia Tartini Gama, 16, atropelada nessa terça-feira na Avenida Protásio Alves.

O texto informava que ela estava na UTI do Hospital de Pronto Socorro e, segundo depoimentos de testemunhas do acidente, ela teria se distraído ao atravessar a via.

A vida da moça se resumia a uma simples nota de poucas linhas. Só isso. Rogério não achou justo. Havia muito a conhecer sobre ela. Lia está escrevendo uma história bem legal, gosta de arte e está apaixonada por alguém, o Sr. Popular. Será alguém do colégio dela? Talvez um vizinho? Ou é um cara que ela conheceu na balada?

Rogério meteu a mão no bolso e resgatou o *pen drive*. Achou por bem carregá-lo sempre consigo. Detestaria ter de explicar à mãe ou ao pai a procedência do dispositivo. Olhou pela janela da biblioteca. A algazarra no pátio seguia forte, portanto tinha alguns minutos antes do próximo período.

Aí duas mãos fortes o agarraram pelos ombros.

Pulou na cadeira como se a polícia o tivesse flagrado em ato criminoso.

> Segue internada em estado grave a adolescente **Lia Tartini Gama**, 16, atropelada nessa terça-feira na Avenida Protásio Alves.

Era Gomes, seu colega. Gomes riu a valer e atraiu o olhar da bibliotecária, mas ela não disse nada, só balançou a cabeça reprovando seu comportamento. Todos o chamavam pelo sobrenome. Nem mesmo Rogério lembrava quando aquilo começara. Era apenas Gomes. Para colegas, funcionários e professoras. Inverno ou verão, Gomes sempre vestia bermuda cáqui até os tornozelos. Os tênis brancos eram genéricos, estavam gastos e sujos. Vestia o camisetão branco do Miami Dolphins com o número 00. Também era genérico, de má qualidade. Na cabeça, ostentava boné preto de aba reta. O visual era complementado por corrente dourada de anéis largos em volta do pescoço.

— Coé, mermão?

Gomes tinha a mania de imitar gírias e sotaques cariocas. Nem sempre conseguia. Acabava misturando expressões de várias regiões do país. Ele tinha 16 anos, penugem imitando bigode e vinha de duas outras escolas onde não conseguira finalizar o nono ano. De uns meses pra cá, adotara o visual esportivo. Antes usava camisetas variadas, como os demais estudantes.

— Oi — Rogério disse e minimizou a janela onde era possível ver o conteúdo de sua pesquisa.
— Pô, ouvi dizerrr que cê tá trampando na Ferragem do Dirrrceu.
— O nome do lugar é Dirceu Ferragem Múltipla. Nossa casa é sua casa.
— Maior responsa, mermão.
— Pois é. É bacana, mas é só um estágio.
— Maneiro. E cê vende o que lá?

Rogério mencionou alguns dos setores da loja, dando a entender que havia centenas de produtos à disposição.

— Maneiro — o colega repetiu.
— E tu? Quando vai começar a trabalhar?

Gomes recuou dois passos ao ouvir a pergunta.
— Uou! Qual foi? Tá de comédia?

Rogério riu e, em seguida, colocou a mão sobre a boca ao lembrar onde estavam. Já vira a bibliotecária ter verdadeiro ataque. Foi bem feio. Ela explodiu quando precisou pedir silêncio de novo a um grupo que conversava e ria em volta das mesas. Todos a achavam nervosa e raivosa. Os olhos azuis por trás dos óculos transmitiam intensidade. Rogério achava melhor não a provocar. Alguns diziam que ela tinha ficado assim porque o namoro com o porteiro da escola chegara ao fim.

— Na moral, mermão. A minha parada é outra. — Gomes inclinou-se. — Uso a cabeça, sacou?
— Tá bom.
— Tô sempre bolando umashhh paradashh doidashhh.
— Tipo o quê?
— Qualquer hora vou te visitarrr e te conto, mermão.

Gomes se virou e saiu gingando.

Rogério espetou o *pen drive* na entrada USB. O computador da escola não era muito melhor do que o da sua casa. Lento e ruidoso. Quando o dispositivo carregou, ele escolheu a pasta Músicas.

Havia uma lista com várias opções e ele não conhecia nada.

Achou curioso. Lia e ele teriam gostos musicais tão diferentes assim?

Levantou e se dirigiu até a mesa da bibliotecária. Ela tomava notas em um caderno. Parou de escrever e moveu apenas os olhos. Encarou Rogério por cima dos óculos.

— A senhora podia me emprestar o fone?

A bibliotecária contraiu os lábios e, sem deixar de encarar Rogério, abriu a primeira gaveta da mesa de aço. O barulho metálico o deixou tenso. Ela puxou o fone antigo, com a espuma aparecendo. Ele sonhava com um fone de ouvido JBL Tune 510BT, azul, com capacidade de até 40 horas de bateria.

— Devolve quando der o sinal. Na minha mão — ela disse. Sua voz era lenta, tinha peso, sempre trazia consigo velado tom de ameaça.

Ele agradeceu e voltou rápido ao seu lugar.

Passou a seta do mouse pela lista e parou sobre um dos arquivos. Apenas porque simpatizou com o nome.

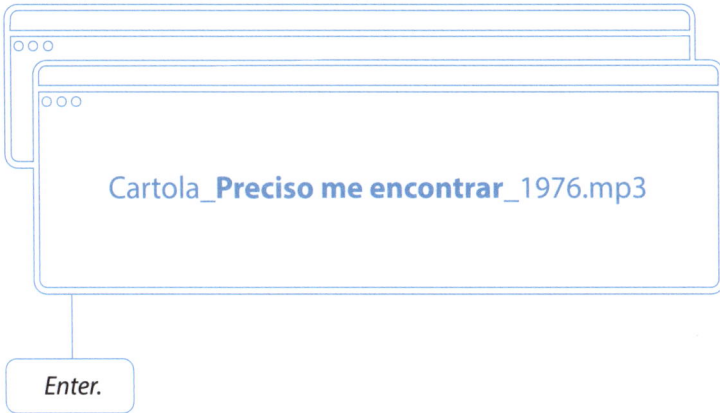

O duo inicial de violão e fagote surpreendeu e confundiu Rogério. Quando Cartola começou a cantar, o menino parou de escutar os ruídos da escola.

ANGENOR DE OLIVEIRA, o Cartola, nasceu na cidade do Rio de Janeiro, em 1908.

É considerado por músicos e críticos o maior sambista da história da música brasileira.

Aos 15 anos, com a morte da mãe, abandonou os estudos. Terminou apenas o ensino primário.

Trabalhou como servente de obra. No serviço, usava chapéu-coco para se proteger do cimento que caía das partes mais altas da construção. Por causa do chapéu, seus colegas o apelidaram de Cartola.

Com um grupo de amigos sambistas, Cartola fundou a Estação Primeira de Mangueira, em 1928.

Seus sambas se popularizaram na década de 1930, na voz de Aracy de Almeida, Carmen Miranda, Francisco Alves, Mário Reis e Sílvio Caldas.

Nos anos 1940, contraiu meningite e perdeu a esposa.

Em 1957, Cartola trabalhava como vigia e lavador de carros em Ipanema, na zona sul do Rio de Janeiro. O jornalista Sérgio Porto encontrou e identificou o compositor, magro e maltrapilho. Resolveu ajudá-lo. Cartola era dado como desaparecido ou morto por muitos de seus conhecidos e admiradores.

Em 1974, com 66 anos, Cartola gravou o primeiro de seus quatro discos solo.

Morreu no Rio de Janeiro em 1980. Deixou clássicos da MPB, como "As rosas não falam", "O mundo é um moinho", "O sol nascerá" e "Alvorada".

LISTA DE LUGARES PARA CONHECER E SER FELIZ

Nº 2

Fazer piquenique no Central Park, em Nova York.

Cartola

Pensava em Lia Tartini Gama ao sair do estágio. Os cabelos castanhos, o corpo de nadadora, o vestido florido. Viu um ramalhete jogado ao ar se desfazendo e depois despencando no asfalto. Estado crítico.

Desceu do ônibus. Três quadras até sua casa. A noite principiava. As residências se alternavam entre construções antigas, de madeira, e mais novas, de alvenaria, algumas sem reboco, ainda com o tijolo exposto. Árvores, cachorros e crianças. A rua de paralelepípedos, gatos furtivos vigiando das janelas. Arame farpado, cacos de vidro sobre os muros, cercas.

Assoviou a melodia da música. *Deixe-me ir, preciso andar,* cantarolou. Moças de 16 anos escutavam outro tipo de música. Observava as colegas. Elas escutavam *funk*, *hip hop*, sertanejo, sobretudo algo capaz de fazê-las rebolarem até o chão. Até faziam concursos para ver quem se saía melhor. E, conforme ouvira certas vezes, esse também era o som preferido nos bairros ricos. Tem muita riquinha requebrando por aí, alguém dissera.

Cartola?

Não fazia sentido.

Vou por aí a procurar... rir pra não chorar.

Só se o *pen drive* for de outra pessoa. Quem sabe alguém tivesse emprestado o dispositivo à moça atropelada? Rogério ia aprofundar a hipótese quando ouviu gargalhadas vindas do Cibéria. A casa pintada de azul-marinho ficava na esquina. Ali funcionara durante anos a padaria do seu Deonísio, até o proprietário falecer. Os filhos nunca demonstraram interesse em dar continuidade ao ofício do pai; dava trabalho demais, era preciso acordar muito cedo, então venderam o local pela primeira oferta recebida. Leonardo, mecânico dos bons das redondezas, tornou-se o novo proprietário do imóvel. Seu apelido era Leocânico, e sua clientela só crescia, bem como as lendas sobre suas atividades. Uma vizinha, famosa pela boca grande, garantia que ele estava metido com traficantes e que seus negócios eram só fachada. O Leocânico não presta, ela dizia em voz baixa. Mas Leocânico tinha seus defensores. No entender deles, o falatório era fruto da inveja alheia. Se alguém começava a crescer e ganhar dinheiro, vinham as suspeitas. Por que era sempre assim? Olha, esse tá roubando. Ou, então, esse tá metido com o tráfico.

Ao adquirir a antiga padaria, Leocânico mudou o nome e o tipo de atividade do estabelecimento. A reforma foi rápida, com pintura e mobília, e em poucas semanas ele abriu o botequim. Colocou mesas de plástico dentro do bar e na calçada. Duas moças foram contratadas para servir a distinta clientela. Falavam que Leocânico ia arrumar um palquinho para apresentações musicais, mas até então ninguém tinha aparecido para fazer música ao vivo. Aliás, não tocava música nenhuma no Cibéria, que funcionava das 17h às 22h. Bebidas alcoólicas, cigarros e petiscos eram a especialidade da casa.

Rogério viu seu pai. Estava em pé, sob a claridade da luminária. Trabalhava com aquele produto. Luminária pendente em metal. Lâmpada de LED (não inclusa) 3000 K ou 6000 K. Soquete: E27. Disponível nas cores: preta, branca e cobre. Tinha também a retrô industrial na cor verde-bilhar. Lâmpada de LED (não inclusa) 3000 K ou 6000 K. Soquete: E27. Tensão: bivolt. Comprimento do cabo: 1 metro.

Rogério se abaixou, fingiu amarrar o cadarço, sem tirar os olhos do pai. Ele conversava com Leocânico, pareciam animados, íntimos até. Sorrisos e risadas. Mas era impossível ouvir o assunto da conversa. Leocânico teria algo a ver com o tal sócio paranaense da fábrica de esquadrias de alumínio?

Levantou-se e seguiu seu caminho. *Vou por aí a procurar sorrir pra não chorar.*

37

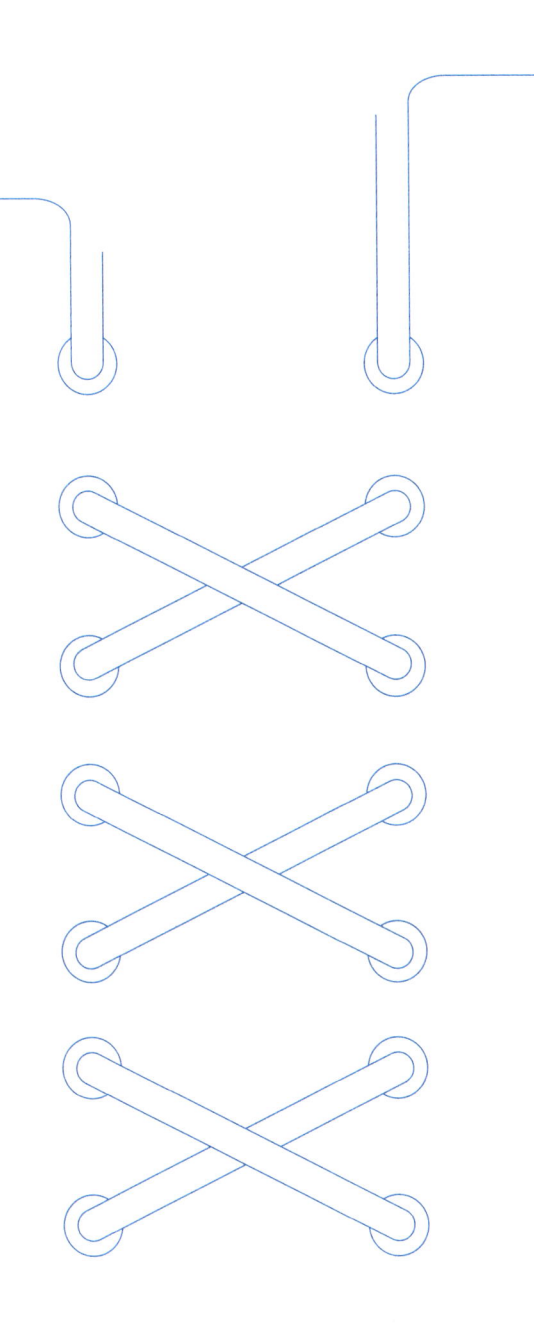

DEZ

Rogério ajudava a mãe com a louça quando Fortunato chegou. Saudade do Duque. Ele sempre fazia festa quando algum dos três chegava, seu rabo em movimentos enérgicos de felicidade até machucava.

Fortunato deu *oi* e foi direto para o banho. Rogério ansiava pela narrativa do pai. Maria comentava a atitude da freguesa do bairro chique. Ela simplesmente cancelara o pedido de dois centos de salgados e um cento de doces. Ela viria buscar, aí ligou, disse que tivera imprevisto. *Fica pra próxima*, ela usara essas palavras. Maria estava com os olhos brilhantes de lágrimas. O menino tentou acalmá-la, sugeriu que congelasse a encomenda.

— Congelar onde, meu filho?

Rogério olhou o refrigerador. Era grande, ainda pagavam as prestações, mas a parte superior não comportava as três caixas. Nem mesmo na geladeira caberiam.

— Deixa que eu vou comendo, mãe.

Maria ia responder quando Fortunato, de calção de futebol, chinelo de dedo e sem camisa, se sentou no sofá com grande suspiro.

— Deixa comigo — ele disse. — Vou vender o produto, pode parar de te preocupar.

— Vender onde? — ela pendurou o pano de prato no ombro e se escorou na soleira da porta da cozinha.

— De porta em porta — Fortunato sorriu. — Se precisar, eu vou vender na sinaleira.

Maria voltou à secagem da louça. A imagem do marido entre os carros oferecendo seus produtos perturbou-a. Caso começasse a perder clientes, talvez o futuro fosse esse mesmo, ir para um cruzamento movimentado vender os quitutes. Ela já tivera o gasto com os ingredientes, sem contar seu tempo, o esforço, o gás, a água, a eletricidade e as embalagens. Os salgados e doces não durariam muito e, logo no dia seguinte, já começavam a perder a qualidade. Ressecavam, endureciam. O destino parecia ser mesmo o prejuízo.

— Fica tranquila, Maria — Fortunato disse. Apanhou o controle remoto e começou a procurar algo nos canais que ainda tinham disponíveis. Não via a hora de recontratar o serviço de TV a cabo.

— É, mãe, tudo se resolve. — Rogério passou a esponja pelo interior da cuba. Cuba de cozinha simples de embutir. Aço inox 430, acabamento brilhante, 32 cm de comprimento, 47 cm de largura, 11 cm de profundidade, sem ladrão. Era o modelo mais barato da Ferragem. Tirou a válvula onde se acumulavam os restos de comida e jogou a sujeira no cesto de lixo orgânico. Depois lavou a válvula com a esponja.

— E como foi hoje? — Maria foi se sentar no sofá. — Foi conversar com a pessoa da fábrica de esquadrias?

— Sim, conversei com o cara — Fortunato disse e pousou a mão no pescoço da esposa. — Fiquei a tarde toda lá. Ele tem ideias boas e tal, mas o problema é o investimento.

— Estamos sem dinheiro. Só temos contas — Maria disse. E mesmo sem precisar lembrá-lo, enumerou os principais encargos: aluguel, geladeira e fogão.

Quando ela começara a fazer doces e salgados para vender, Fortunato, sem consultá-la, comprou a crédito um fogão industrial de quatro bocas, com forno de 55 litros de capacidade, espalhadores e bases dos queimadores em ferro fundido, 73 cm de largura, 80 cm de altura e 83 cm de profundidade. Maria mandou devolver o fogão, mas ele só riu, disse que ela precisava de melhores equipamentos, só assim produziria em quantidade e com qualidade.

— Não te preocupa. — Fortunato massageou o pescoço dela e seguiu em busca de algo decente para assistir na TV.

— Tá com fome?

— Comi na rua.

Rogério congelou. Esperou. Ele ia contar onde estava? O Cibéria tinha má fama. Embora ninguém pudesse reclamar de barulho ou de qualquer outro tipo de perturbação da ordem, o botequim era visto por boa parte dos moradores do bairro como local de bêbados e desocupados.

— Meu Deus, não tem nada pra ver — Fortunato disse e manteve a TV ligada no canal de vendas. Imaginou quando poderia comprar aquelas joias para a esposa.

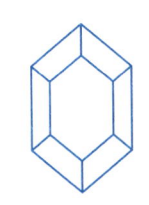

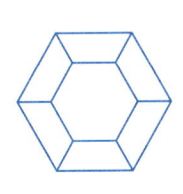

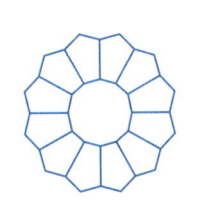

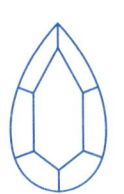

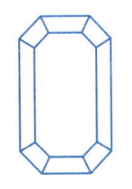

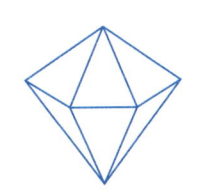

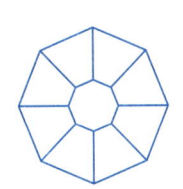

(ONZE)

CAPÍTULO TRÊS

Na manhã seguinte, mais duas casas da mesma rua foram pintadas de verde.

No fim do dia, outras três. E, quando a semana acabou, todas as casas da rua tinham a mesma cor: verde.

Todas, exceto uma.

O homem que morava na casa branca de janelas vermelhas recebeu uma estranha visita. Era um grupo representando os moradores das casas verdes.

"Boa tarde", saudou o homem da casa branca de janelas vermelhas.

"Sua casa não é verde", falou o líder do grupo, o homem que, acidentalmente, tropeçara na lata de tinta, pintando de verde a escada da sua casa. "Decidimos que a tua casa precisa ser pintada de verde."

"Mas por quê? Gosto da minha casa do jeito que ela é."

"Todas as casas desta rua são verdes", informou o líder, embora isso nem precisasse ser dito, pois qualquer um podia ver o que estava acontecendo.

42

"Representamos a Comunidade das Casas Verdes", esclareceu outro membro do grupo.

"Decidimos que todas as casas desta rua devem ser verdes", anunciou outro integrante do grupo.

A pequena multidão tinha os rostos contraídos pela determinação de quem só conseguiria se satisfazer depois de pôr fim ao insulto do morador da casa branca de janelas vermelhas.

"Não sou obrigado a pintar minha casa de verde", argumentou o homem.

"Você não pode ficar contra a maioria", advertiu o líder do grupo. "Se você não pintar a sua casa de verde, vai ter de procurar outra rua pra morar. Até logo!"

E os membros da Comunidade das Casas Verdes voltaram para suas casas verdes.

CAPÍTULO QUATRO

O homem da casa branca de janelas vermelhas não se importava com o fato de todos os seus vizinhos terem pintado suas casas de verde. Cada um pinta sua casa da cor que bem entender. Ele pensava assim.

Também não se importou muito quando toda a vizinhança parou de falar com ele. Nem mesmo o cumprimentavam mais. Ninguém é obrigado a falar comigo nem é obrigado a gostar de mim. Ele pensava assim.

Até o dia em que começou a receber estranhos bilhetes.

VERDE OU NADA

Era o que estava escrito nos bilhetes. Só isso. Verde ou nada. Dezenas, depois centenas, depois milhares de bilhetes. Todos escritos em papel verde, com esferográfica verde.

Verde ou nada!

Os bilhetes com a mesma mensagem estavam colados na porta, nas paredes, no telhado, nas janelas, no gramado, na cerca da casa, nos arbustos, abarrotavam a caixa de correspondência. Bom, a verdade é que a casa branca de janelas vermelhas estava soterrada sob uma montanha de bilhetes contendo sempre a mesma mensagem:

VERDE OU NADA

Cansado daquilo, o homem da casa branca de janelas vermelhas foi falar com o líder da Comunidade das Casas Verdes.

"Escuta, não sei o que deu em vocês nem quero saber. Mas, por favor, entendam uma coisa: não importa o que vocês façam ou o que vocês digam, eu não vou pintar a minha casa de outra cor nem vou me mudar", anunciou.

"Ninguém pode ficar contra a maioria."

"Minha casa é branca e tem janelas vermelhas. O que há de errado com isso? E, além do mais, acho o verde uma cor feia, tá certo?"

"Verde ou nada!", gritou o líder da Comunidade das Casas Verdes.

DOZE

Como prometido, Gomes apareceu na Dirceu Ferragem Múltipla.

— Nossa casa é sua casa — ele disse ao encontrar Rogério depois de perambular pela loja. — Maneiro isso daqui, mermão. — Balançou a cabeça em sinal positivo.

A loja era grande, fora construída no estilo galpão, com colunas e pisos pré-moldados e instalações elétricas e hidráulicas aparentes. Tinha estacionamento na calçada e no subsolo. Ao lado do prédio havia ainda um depósito com areia, brita, tijolos e tábuas de variadas espessuras e tamanhos.

— Tá fazendo o que aqui?

Por algum motivo, Rogério se sentiu desconfortável com a presença do colega. Notou que ele vestia camisetão azul do New England Patriots com o número 12. Era falsificada, o azul começava a ter um tom arroxeado. O tênis era novo, um Nike Blazer Low 77 Vintage branco, com o logotipo em preto. Original.

— Coé, menor? Tô só dando um rolé — respondeu Gomes.

Rogério atendia no setor de ferramentas. O movimento estava fraco naquela tarde de quinta-feira. Pela sua experiência, sábado era o dia de maior movimento, quando a maioria das pessoas tinha tempo para resolver problemas em casa ou até mesmo fazer reforma ou construção. Às vezes acontecia de as tardes de meio de semana apresentarem grande movimento. Sabia pelos colegas que o período da manhã ganhava em tranquilidade, mas perdia em lucratividade.

— Mas tu tá precisando de alguma coisa? — Rogério não queria ser visto batendo papo com o conhecido. Apesar de agradável e compreensivo, seu Dirceu observava tudo, dos produtos à clientela, dos banheiros aos funcionários. Em quatro meses, Rogério nunca fora repreendido.

— Relaxa, brou. Tô dando uma coringada sem pressa. Vim trocar uma ideia com meu parrrça. Se eu encontrarrr uma parada do meu agrado eu te aviso, falei?

— Tá bom.

Rogério também se sentia desconfortável quando atendia alguém conhecido, como na vez em que atendeu a professora de Português. Ela sorriu, o abraçou, foi calorosa, enquanto ele manteve distância. Ele não soube como lidar com a circunstância, por isso achou melhor ser apenas profissional sem retribuir o afeto recebido.

— Caraca, isso aqui é um parrrque de diverrrsão — Gomes disse, rindo. E acrescentou: — Pra quem goshhhta.

— Pois é, a loja tem muita coisa.

O colega caminhou entre os corredores, fez perguntas, quis saber a função das ferramentas, quem costumava comprar. À medida que respondia, Rogério percebia sua ansiedade afrouxar aos poucos. Não havia mal nenhum em seu colega passar na loja e jogar conversa fora.

Gomes fazia comentários espirituosos a cada item sopesado. Em meio a suas observações, perguntou:

— Cê sai que horashhh, mermão?

— Fim da tarde.

— E a loja funciona de noite?

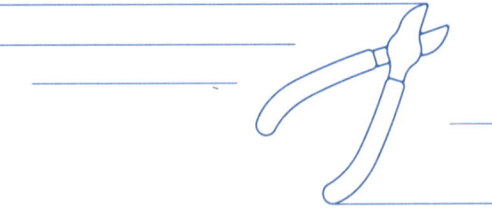

— Só até as seis. Depois abre no dia seguinte, às nove da manhã.
— E a grana é boa?
— Sou estagiário. Não é grande coisa, mas ajuda em casa, sabe como é.
— Sei como é. Tá todo mundo na maiorrr dureza, mermão. — Passou o polegar e o indicador pelo bigode ralo. Parou, puxou o celular da bermuda. — Aí, saca só. Gostei do teu trampo.

Estendeu o celular e pediu para Rogério fazer umas fotos. O estagiário olhou em volta, em dúvida.

— Pô, me dá essa moral aí, mermão. É pra minha rede, menor. Ó, se liga, vou ficar aqui.

Gomes escorou na prateleira com ferramentas elétricas e bateria. Parafusadeira, furadeira de impacto, lixadeira orbital, serra tico-tico, serra mármore, esmerilhadeira e ferro de solda. Fez cara de mau e apontou os indicadores na direção do piso. Em seguida, mudou de prateleira e ficou perto dos jogos de ferramentas, maletas de diferentes marcas com 94, 108 e 120 peças. Levantou o queixo, a mesma cara de mau e dois vês com os dedos.

— Maneiro, valeu. — Apanhou o celular e conferiu a qualidade das fotos. — De responsa, menor. Profissa.

Rogério sorriu desajeitado. Gomes compreendeu que estava na hora de ir embora.

— Aí, maluco, vou metê o pé, tá ligado?

— Tá bom. Legal.

— Só quero verrr um bagulho anteshhh. — Voltou alguns passos. Olhou em volta e apanhou uma embalagem com um alicate. Em gesto digno dos melhores mágicos, sumiu com a ferramenta. Colocou-a no cós da bermuda, por baixo do camisetão.

— Que é isso? Tá louco?

O estômago de Rogério ficou gelado.

— Aí, fica frio, mermão.

— Devolve isso, cara — Rogério implorou.

— Bom te ver também, truta. E ó, não dá uma de xishhh nove, valeu?

Gomes saiu com o mesmo gingado com o qual chegara.

Rogério sentiu o corpo todo pegar fogo. Viu bem, era o alicate bico meia cana longo, 8 polegadas, empunhadura de borracha preta e azul; auxilia no manuseio de objetos em locais de difícil acesso, segura, molda, torce, puxa, sustenta e corta outros materiais; 208 mm de comprimento, 60 mm de largura e 20 mm de profundidade; código 750/856511. Custava R$ 97,80. E estava na promoção: 15% de desconto à vista ou em até três vezes no cartão, sem juros.

TREZE

No ônibus, Rogério ainda não estava refeito do furto cometido por Gomes. Ele sempre fora o palhaço da turma, inofensivo. Quando ele se transformara naquele tipo de cara? E por qual motivo?

Incomodava-o o fato de ter ficado quieto. Ou melhor, até tentou impedir, mas, ele sabia, de maneira pouco efetiva. A Ferragem tinha um segurança na entrada. Podia ter chamado o homem e apontado o colega. Havia câmeras de segurança, mas, conforme alguns colegas, nem sempre elas funcionavam. Portanto, era sua obrigação como funcionário ter impedido ou denunciado o furto.

Em seus pensamentos, também pesava o fato de ele mesmo ter cometido um furto há poucos dias: o *pen drive* de Lia. Procurava se justificar, provar a si mesmo que no seu caso fora tomado por impulso provocado pela cena chocante do atropelamento; já Gomes tinha furtado o alicate por vontade própria. Afinal, o que ele faria com a ferramenta?

O senhor ao seu lado resmungou, balançou a cabeça.

— Oi? Desculpe, não ouvi.

— Ah, é isso aqui, guri. — E deu um tapa com as costas da mão no jornal estendido sobre seus joelhos. — Fico louco da vida.

Rogério inclinou-se para ler.

Assaltantes provocam pânico em minimercado.

— Imagina só — o senhor disse. — Os vagabundos entram no lugar, armados até os dentes, botam todo mundo no chão, limpam os caixas e ainda batem no dono do lugar.

— É?

Assaltantes provocam pânico em minimercado.

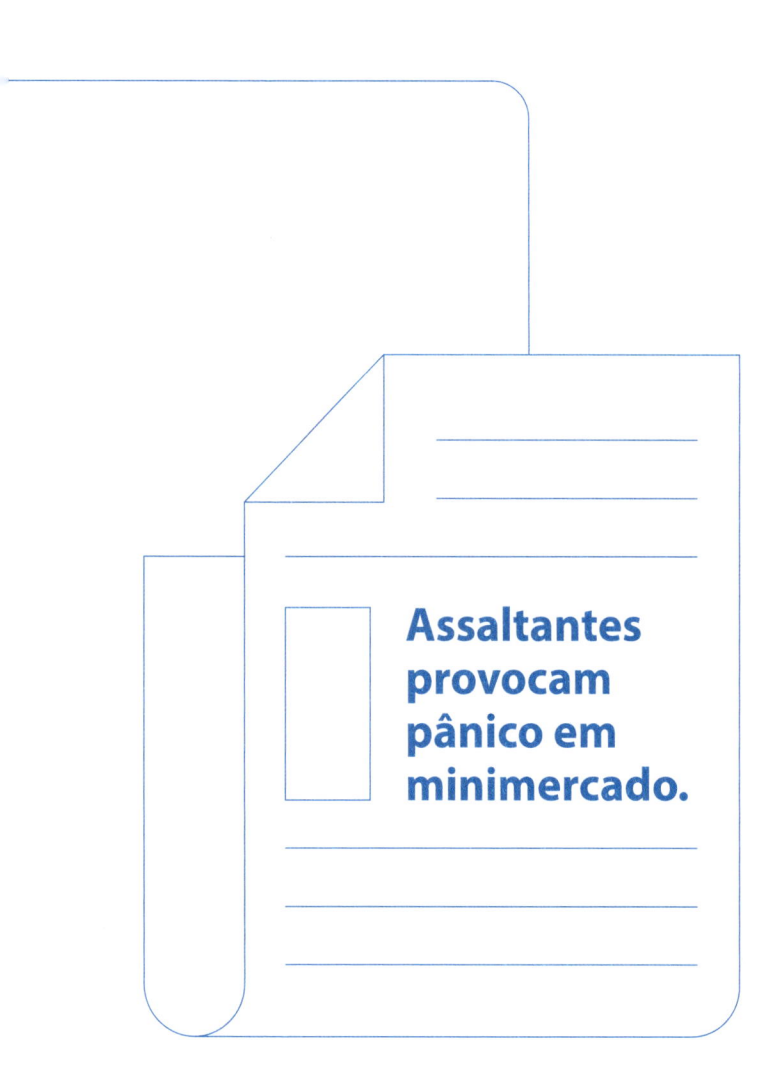

— Acharam que tinha pouco dinheiro.

— Bah...

— Deram coronhadas no dono e na mulher dele, depois levaram dinheiro, celulares e as carteiras dos clientes e de dois funcionários. E, pra completar, quebraram tudo, derrubaram prateleiras, fizeram miséria.

Rogério quis comentar, mas o rosto do homem estava torcido de nojo. Achou melhor ficar quieto.

— Entraram num carro, com certeza roubado, e se mandaram.

A senhora sentada no banco da frente entrou na conversa:

— A polícia foi atrás?

— Até agora, nem sinal dos vagabundos — o homem disse. — Eu vou dizer uma coisa pra senhora, a polícia devia fuzilar esse tipo de gente.

— Fuzilar? Credo. Também não precisa tanto...

— Ah, não? E se fosse o seu comércio?

— Bom...

— Ninguém pensa nos outros. — O homem fez careta de profundo desgosto. — Aí é que está. Esse casal dá duro, abre seu negócio, paga montes de impostos, aí, um belo dia, entra esse trio de vagabundos com armas. Eles roubam, batem em todo mundo e arrebentam o lugar. A senhora quer ficar com pena dos vagabundos?

— Bom... Na verdade...

Alguém perto do cobrador disse:

— Esses caras tão no semiaberto. Posso apostar. Deviam prender o juiz que soltou eles.

Murmúrios de apoio.

— Vou lhe dizer outra coisa — prosseguiu o homem sentado ao lado de Rogério. — Em alguns países, existe o costume de cortar a mão dos ladrões.

A mulher voltou a se encolher. Ele foi além:

— Acho pouco. Se cortar as mãos dos vagabundos, vai dar despesa pro SUS. O negócio é fuzilar a bandidagem.

— Discordo — disse a mulher. — A gente não vive na selva, temos leis.

— Minha senhora, bandido não obedece a nenhuma lei — disse o homem já elevando o tom de voz. Outras pessoas lançaram palavras de apoio. — E digo mais: tem que fuzilar bandido graúdo e bandido miúdo. Roubou, vai pro paredão.

Rogério pediu licença, levantou e desceu três paradas antes da sua.

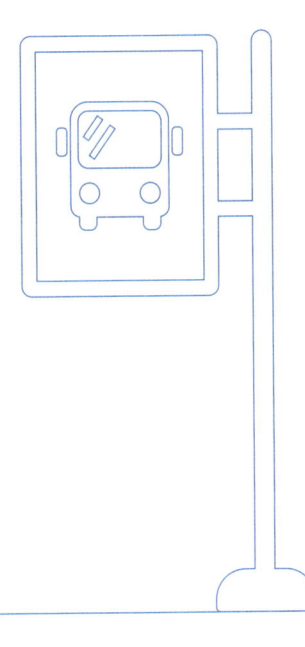

guapuruvu

Nome científico:
Schizolobium parahyba.

A palavra *guapuruvu* vem do tupi-guarani. Significa "tronco de fazer canoa".

A árvore chega a crescer três metros por ano, tendo o crescimento mais veloz entre as árvores nativas brasileiras.

Pode atingir 30 metros de altura, com até 80 centímetros de diâmetro.

Tem flores grandes e amarelas. A floração acontece em outubro, novembro e dezembro.

As folhas têm de 80 centímetros a um metro de comprimento.

O tronco tem linhas elegantes, é reto, alto e cilíndrico. A casca é quase lisa, cinzenta.

O guapuruvu é pouco resistente a temporais.

Sua madeira é considerada macia, própria para a construção de canoas.

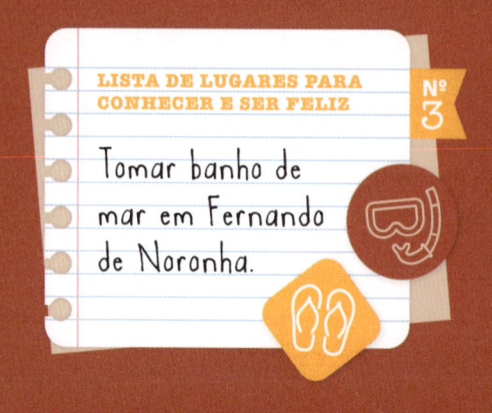

LISTA DE LUGARES PARA CONHECER E SER FELIZ — Nº 3

Tomar banho de mar em Fernando de Noronha.

QUATORZE

Guapuruvu

QUINZE

Em casa, a novidade: Fortunato havia conseguido vender as três caixas de salgados e doces.

— Tá brincando? — Rogério perguntou, incrédulo.

— Verdade, parceiro — o pai disse, orgulhoso.

— Pra quem?

A mãe veio da cozinha, a expressão indicando desconforto.

— Pro pessoal do botequim.

— O Cibéria, pai?

Fortunato sorriu. Contou que Leocânico havia provado um de cada e ia fazer uma nova encomenda. A mãe sustentou seu ponto de vista: não gostava do tal Leocânico, muito menos do botequim. No entendimento dela, algo cheirava mal no Cibéria. Era difícil explicar o motivo. Tratava-se de pura intuição.

— Bobagem, mulher, o homem é trabalhador.

Os dois começaram a trocar informações a respeito do dono do Cibéria, como em um verdadeiro julgamento. Maria era a promotora e Fortunato o advogado de defesa.

Rogério foi para seu quarto. Os comentários do homem no ônibus atordoavam seus pensamentos, roubaram seu apetite, algo raro de acontecer.

Ligou o computador, e a ventoinha iniciou seu canto de sofrimento. Rogério temia pelo colapso da máquina. O conserto seria caro e, no momento, todas as despesas eram controladas com muito rigor pela mãe.

Lia Tartini Gama
Estudante & Curiosa

Começou a investigar as redes sociais de Lia Tartini Gama. Encontrou a jovem apenas no Instagram. O perfil era privado, e ele precisava enviar solicitação e ser aceito pela usuária para acessar as publicações dela. A foto do perfil da moça era diferente da que a maioria das pessoas usava. Em vez do rosto, havia a fotografia de um brinco-de-princesa em tons lilás, rosa, vermelho e branco. Na descrição do perfil, abaixo da foto, estava escrito: Estudante & Curiosa.

Pesquisando em outras redes sociais, encontrou a página *Somos todos Lia* no Facebook, obra das colegas de sala dela. Ali constavam poucas fotos, e em nenhuma Lia aparecia sozinha. No geral, ela estava junto à turma toda em trabalhos da escola ou em saída de campo.

Rogério leu muitas mensagens dos colegas de Lia. *Força, Lia. Estamos juntos. Orando por ti. Tu vai sair dessa. Pensamento positivo na tua recuperação. Precisamos de ti.*

Um *site* de notícias colocou no ar uma matéria a respeito do estado da jovem atropelada. Agora ela estava em coma induzido. Os médicos acreditavam na possibilidade de restabelecimento. *Possibilidade*. Em caso de progresso positivo do seu quadro de saúde, não podiam afirmar se ela ficaria com sequelas. A investigação preliminar da perícia indicava que o automóvel estava a 52 km/h quando atingiu Lia, portanto abaixo da velocidade máxima permitida no local. Os testemunhos também ajudavam a inocentar a motorista. Procurada pela reportagem, a condutora preferiu não se pronunciar. O advogado da família foi sucinto: ela estava muito abalada e rezando pelo pronto restabelecimento da jovem. Os familiares de Lia se agarravam na fé. Pai, mãe, o irmão mais novo, avós, tios, tias e primos. O texto foi ilustrado com uma foto ruim retirada da rede social. Ela estava no time de vôlei da escola. Isolaram Lia do resto da equipe e ampliaram a imagem sem conseguir boa qualidade. A foto nem de longe fazia jus à beleza de Lia.

Rogério espetou o *pen drive*. Novos ruídos se somaram ao da ventoinha. Engasgos e relinchos. Havia pouco conteúdo sobre ela na internet. O irônico, pensou, é ter acesso ao diário dela. Não só ao diário. A vários itens capazes de dar uma boa ideia de quem era ela.

Levou a seta do mouse até a pasta XX. Parou. Ler o diário de outra pessoa sem consentimento o incomodava, provocava nele sentimento de obscenidade. Bem, talvez nem fosse o diário dela. Talvez fosse um conto ou algo assim. Lembrou-se do que tinha lido e descartou a ideia. Eram palavras íntimas.

Observando o perfil das colegas de Lia nas redes sociais, conseguia perceber como nada na vida delas era privado, reservado. Elas tinham o costume de expor tudo na internet, fotos, sentimentos, gracinhas, ousadias. Era o modo como se expressavam, igual a suas colegas que caprichavam muito para parecerem mais felizes do que eram.

Rogério tirou o cursor de cima da pasta XX. Levou-o até Oficina Literária.

DEZESSEIS

CAPÍTULO CINCO

No outro dia, a casa branca de janelas vermelhas não era mais branca nem tinha janelas vermelhas. Durante a noite, o pessoal da Comunidade das Casas Verdes fez uma grande surpresa para o vizinho cabeça-dura: pintou sua casa de verde.

O homem da casa branca de janelas vermelhas não gostou. Ficou tremendamente irritado, na verdade. Foi reclamar com o bando de pessoas que riam dele do outro lado da rua. Enquanto discutia e os ameaçava com processos judiciais, um menino entrou na antiga casa branca de janelas vermelhas e instalou no meio da sala um regador de grama, daqueles parecidos com helicópteros.

Só que, em vez de água, o regador borrifou litros e litros de tinta verde. Paredes, móveis, quadros, assoalho, lustres, portas, estantes, livros, vasos, flores, talheres, panelas, tudo, tudo ganhou a nova cor.

Os integrantes da Comunidade das Casas Verdes riram. Riram não. Gargalharam. Alguns chegaram a se dobrar de tanto rir.

O dono da casa invadida não suportou aquilo e, percebendo como seus argumentos eram inúteis, foi se queixar à polícia.

"Pintaram a minha casa", contou ao delegado.

"Pintaram?"

"Sim, senhor. Pintaram minha casa sem a minha permissão."

"Isso é grave. Posso enquadrá-los no artigo... no artigo... Bem, não importa qual o número do artigo do Código Penal. É, de fato, muito grave. Muito mesmo. Diga-me, de que cor pintaram sua casa?"

"Verde."

"Verde?"

"Sim. Pintaram toda a minha casa, por dentro e por fora. Lambuzaram tudo de verde."

"Hmmm...", fez o delegado, que se pôs a imaginar uma casa toda verde. "Até que não é má ideia."

CAPÍTULO SEIS

No mesmo dia, depois de prometer tomar providências enérgicas contra as pessoas que haviam pintado de verde a casa do homem, o delegado voltou do trabalho com uma porção de latas de tinta. Tinha uma ideia que não saía de sua cabeça. Descarregou o carro e, sem tirar o terno nem a gravata, mergulhou o pincel no líquido verde. Pintou toda a sua casa. Por dentro e por fora. Assoalho, telhado. Verde.

> Os vizinhos do delegado juntaram-se em volta da novidade e... simplesmente a-ma-ram!

E tiveram a mesma vontade e também pintaram suas casas de verde, por dentro e por fora. E quanto mais pintavam de verde, mais gostavam da cor e de como ficavam bonitos paredes, telhados, cercas, móveis, tudo. Perceberam também como ficaram próximos uns dos outros. O verde os unira.

Em questão de poucas horas, a cidade ganhou sua segunda rua de casas verdes.

Logo surgiu a terceira rua.

A quarta rua.

A décima sexta rua.

A octagésima nona rua.

A centésima septuagésima terceira rua.

A quingentésima vigésima primeira rua.

Bairros inteiros com casas pintadas de verde.

Todos se deram conta de uma coisa: só as casas verdes era pouco. Nada tinha beleza se não estivesse colorido de verde. Nada fazia sentido se não fosse verde.

Verde ou nada!

De repente, todas as outras cores pareciam algo ruim. Azul, marrom, amarelo, preto, vermelho, laranja, cor-de-rosa, roxo. Nada combinava com o verde.

O verde proliferou como em uma pandemia.

Toda a cidade. Cada prédio, casa, escola, igreja, muro, tudo foi pintado de verde. Até o asfalto e as calçadas. Postes de luz e hidrantes. Sinais de trânsito e tubulações de esgoto.

As cidades vizinhas se cobriram de verde também.

As cidades de outros estados e estados inteiros foram pintados de verde.

O país todo.

Verde, verde, verde!

Em todos os lugares, comícios reuniam milhares de pessoas. E toda essa gente repetia em histeria:

"Verde ou nada! Verde ou nada!".

Nos comícios, divulgavam os nomes e os endereços de quem não queria aderir à onda verde. Um monte de pessoas armadas com tinta verde e muita disposição ia até esses locais e colocava tudo em harmonia.

Cartazes e painéis espalhados pelo país lembravam:

<u>VERDE OU NADA.</u>

Os painéis funcionavam também como advertência. Qualquer um sabia que as Brigadas Verdes haviam sido criadas para manter a lei e a ordem.

<u>VERDE OU NADA.</u>

E todos queriam o verde. Tanto que começaram a surgir problemas. Escassez de tinta verde, por exemplo.

O governo obrigou todas as fábricas de tinta do país a produzirem apenas a cor verde. As outras cores foram abolidas.

O governo obrigou todas as indústrias do país a fabricarem seus produtos na cor verde. Pneus, telefones, jornais, louças, ventiladores, vidros, equipamentos, máquinas, bolas de futebol, computadores, aviões, pás, parafusos, escovas de dente, lâmpadas, rádios, livros, cadeiras, CDs, carros, cimento, tijolos, artesanato, papéis, remédios, talheres, tapetes, roupas. Verde, verde, verde.

O governo obrigou todos os cientistas a trabalharem 24 horas por dia. Claro, precisavam desenvolver substâncias capazes de tornar verde o que ainda não era verde. As comidas, os rios, o céu, as nuvens.

E os cientistas conseguiram.

Desenvolveram um gás. E chamaram a nova invenção de Gás Verde. Era só pulverizar e pronto! Outra maravilha da tecnologia moderna.

As pessoas passaram a consumir arroz verde com feijão verde. Batatas fritas verdes. Churrasco verde. Beterraba verde. Ovos verdes. Refrigerante verde. Biscoito verde. Tomate verde. Pastéis verdes. Sanduíches verdes. Macarrão verde. Cafezinho verde. Leite verde. Água verde.

E os cientistas foram mais longe.

65

Conseguiram deixar o céu azul da cor obrigatória: verde. As nuvens verdes, lógico. Rosas, margaridas, tulipas, orquídeas, todas as flores verdes, incluindo os troncos das árvores e a terra onde estavam plantadas. Tudo verde.

VERDE OU NADA.

Os animais foram submetidos ao mesmo processo. Gatos verdes, ovelhas verdes, baratas verdes, tigres verdes, pernilongos verdes. Os cientistas se preocuparam até com as criaturas microscópicas, as que não podem ser vistas a olho nu.

E as pessoas?

Não bastava amarem o verde, vestirem roupas verdes e comerem coisas verdes. Precisavam ter a pele verde também. Uma variante do Gás Verde, o Creme Verde Super, foi distribuído gratuitamente para a população. Era só esfregar por todo o corpo e em poucos minutos tudo ficava verde. Pele, olhos, cabelo, língua, até a cera dos ouvidos ficava verde.

Os anúncios nos jornais diziam:

"Creme Verde Super.

Esfregou, verdejou!".

Em letras miúdas:

"O Ministério da Defesa adverte: uso obrigatório".

Rádios e televisões colocavam no ar, da manhã à noite, o jingle do Creme Verde Super:

"Ele é novo

você vai adorar

      é o Verde Super,

      Super, superlegal,

            basta no corpo esfregar

            pra você cair na real

                      e o Verde Super

                      você vai amar!".

O país verde perdeu seu antigo nome. Passou a se chamar República Verde. A bandeira nacional foi modificada. Passou a ter apenas uma cor.

Tudo aconteceu em menos de um ano.

DEZESSETE

Fechou a porta do seu quarto. Os pais já tinham ido deitar.
Colocou os fones de ouvido.

Duplo clique no arquivo mp3.

Ô abre alas – Chiquinha Gonzaga – Interpretação de Dircinha & Linda Batista – 2:27.

A qualidade do som era diferente, tinha certo chiado. Imaginou ser uma gravação muito antiga.

Ô abre alas que eu quero passar. Eu sou da lira não posso negar. Ô abre alas que eu quero passar. Rosa de Ouro é que vai ganhar.

Com certeza já ouvira a música. Em algum programa de TV, não conseguia lembrar qual.

Gosta disso, Lia?

Imaginou-se fazendo a pergunta à moça.

Ela na UTI, em coma, com a cabeça enfaixada, cercada de equipamentos piscando e soltando bipes.

Gosto.

Melhor imaginar em outro lugar.

Os dois estão em uma praça, sentados embaixo do enorme guapuruvu em forma de guarda-chuva gigante, cinza, verde e amarelo.

É diferente, quer dizer, as gurias não escutam esse tipo de música.

Meus pais gostam, ela diz e sorri.

Ele percebe como os olhos dela são verdes e límpidos. Lembram o brilho de alguma pedra preciosa. Dos seus cabelos se desprende aroma com notas florais e cítricas.

Às vezes, eu coleciono as coisas que eles curtem. Algumas bem diferentes mesmo, como tu falou, Rogério, mas acho interessante. Nem sempre gosto de tudo, claro. Mas o legal é conhecer, explorar. Tem muita coisa por aí pra ser descoberta.

Rogério suspirou e sacudiu a cabeça, livrando-se da cena ilusória.

Lembrou-se: Estudante & Curiosa.

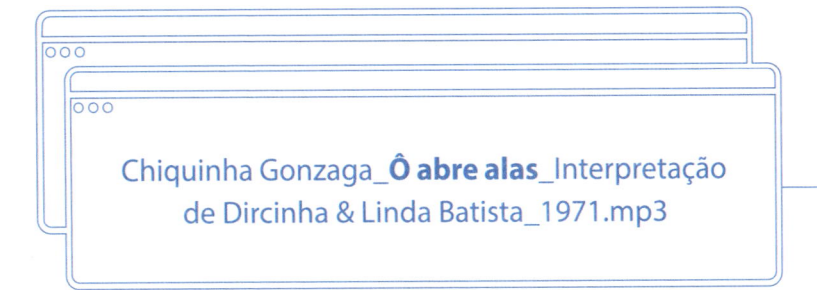

Chiquinha Gonzaga_**Ô abre alas**_Interpretação de Dircinha & Linda Batista_1971.mp3

Chiquinha Gonzaga

CHIQUINHA GONZAGA nasceu no Rio de Janeiro em 1847.

Compositora, instrumentista e regente, foi a primeira pianista a se dedicar ao choro. Compôs a primeira marcha carnavalesca com letra, "Ó abre alas", em 1899.

Também foi a primeira mulher a reger uma orquestra no Brasil, onde também atuou em favor da abolição da escravidão e pelo fim da monarquia.

Escandalizou a sociedade ao abandonar o casamento.

Lecionou piano durante anos.

Em 1899, aos 52 anos, conheceu e se apaixonou por João Batista Fernandes Lage, um estudante de música de 16 anos. Os dois nunca se separaram.

Chiquinha Gonzaga morreu no Rio de Janeiro em 1935.

Deixou sucessos como "Ó abre alas", "Corta-jaca", "Lua branca" e "Sultana".

LISTA DE LUGARES PARA CONHECER E SER FELIZ — Nº 4

Subir no Cristo Redentor, no Rio de Janeiro.

DEZOITO

Pela manhã, Rogério procurou Gomes. Ia tentar retomar o alicate furtado, mas o colega não apareceu na escola. Nos últimos tempos, suas faltas eram frequentes. Tudo indicava que iria repetir pela terceira vez o nono ano.

Ao chegar na Dirceu Ferragem Múltipla, esperou pelo pior. Tinha medo de ser chamado pelo dono até a sala dele, no segundo andar, onde havia imensa parede de vidro, do piso ao teto, uma vitrine enorme por onde o chefe observava todo o interior da loja.

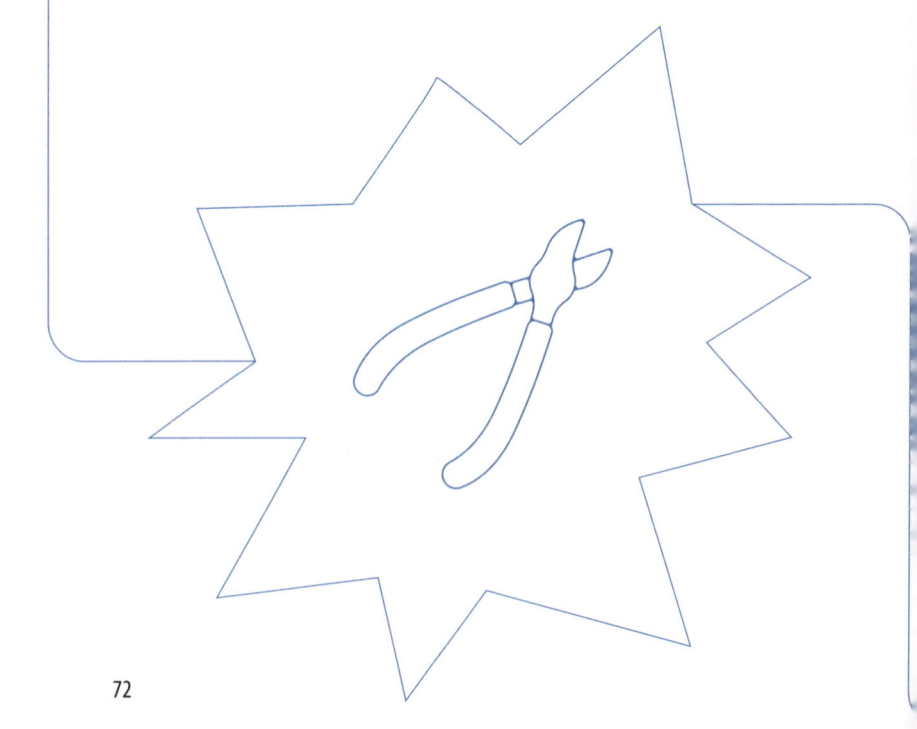

No vestiário dos funcionários, Rogério guardou sua mochila, vestiu o avental e, ao fechar a porta do armário metálico, deu de cara com Dirceu em pessoa. Levou um baita susto.

— Calma, guri, não sou assombração — o chefe disse.

Rogério ficou sem palavras. Tentou sorrir. O rosto ficou rosado. Tossiu.

— Tudo bem contigo?

— Sim, senhor. Tudo certo.

Dirceu estreitou os olhos, desconfiado.

— Tem certeza?

— Sim, senhor. Tava distraído, aí o senhor apareceu e eu... — Rogério disse tentando controlar as emoções.

— Ótimo, então. Bom trabalho. — Virou-se e saiu.

Rogério soltou o ar e arqueou as costas. Ufa! Devia ter impedido o furto de Gomes na tarde anterior. Sentiu-se covarde e, sobretudo, cúmplice. Trancou o cadeado, guardou a chave no bolso da calça, respirou fundo. Aí o chefe apareceu de novo no vestiário.

— Só mais uma coisa.

— Sim, senhor.

— Se aparecer qualquer problema, pode me contar, tá bem?

— Não, senhor. Quer dizer, sim, senhor. Mas tô sem problemas, tá tudo bem.

Dirceu estreitou os olhos de novo. Ficou alguns segundos encarando Rogério e o menino desviou o olhar, baixou a cabeça.

— Aconteceu alguma coisa que eu deva saber?

— Não, senhor.

— Tá com dificuldade fora daqui? Se quiser, fala.

— Não, senhor. Tá tudo bem. De verdade.

Dirceu balançou a cabeça e saiu.

De verdade?

No fim do mês, ou até antes disso, o sumiço do alicate ia aparecer na contabilidade ou no levantamento do estoque. Dirceu era meticuloso, tinha equipe afiada com os números, trabalhava dentro das regras legais e tributárias. Costumava dizer que nem um parafuso saía da loja sem a devida nota fiscal.

Rogério parou de se torturar quando um senhor de chinelos de dedo e roupas modestas, salpicadas de tinta e cimento ressecado, o chamou. Procurava fechaduras.

— Claro, por aqui.

Entre as instruções recebidas no treinamento estava a de tratar todas as pessoas da mesma maneira, com educação, cordialidade e eficiência. Isso se aplicava aos humildes e às madames de queixo erguido com arquitetas a tiracolo. Todos são clientes, seu Dirceu dizia.

Rogério mostrou os modelos. Eram dezessete no total. O senhor começou a examinar. Os preços aumentavam da esquerda para a direita. O cliente foi caminhando, caminhando, as mãos às costas, então chegou ao fim da prateleira. O menino imaginou que ele devia estar construindo um anexo no fundo do terreno. A filha grávida moraria na peça. Já vira casos semelhantes. Por que gastar uma fortuna com a fechadura mais cara?

— Gostei dessas duas. — Apontou.

A primeira era a maçaneta em alumínio escovado, e a segunda, a fechadura digital de embutir.

— Como funciona essa daqui? — Ele parecia curioso.

Ao se aproximar, Rogério sentiu o cheiro de suor do senhor e recuou.

— Essa abre a porta por senha, por biometria ou por aplicativo.

O senhor riu de sacudir os ombros. Disse que estava construindo um pequeno prédio ali perto, com doze apartamentos. Precisava de fechaduras e maçanetas para todas as unidades.

— Simpatizei contigo — ele disse.

Naquela tarde, Rogério fez sua maior venda.

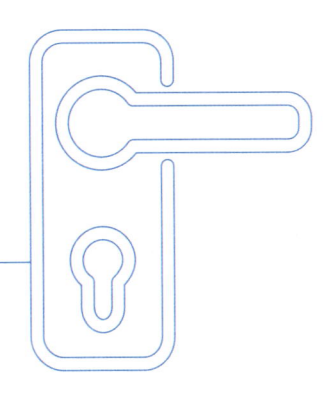

DEZENOVE

CARLOS SCLIAR nasceu em Santa Maria (RS), em 1920.

Foi desenhista, gravurista, pintor, ilustrador, cenógrafo, roteirista e *designer* gráfico.

Aos 11 anos começou a publicar artigos ilustrados e, aos 14, recebeu as primeiras aulas de arte.

Em 1935, já morando na capital gaúcha, Porto Alegre, participou da Exposição do Centenário Farroupilha.

Em 1940, mudou-se para São Paulo e passou a integrar a Família Artística Paulista, que contestava os artistas acadêmicos. No mesmo ano, tornou-se colaborador da *Revista Cultura* e fez sua primeira mostra individual.

Durante a Segunda Guerra Mundial, lutou na Itália com a Força Expedicionária Brasileira. Desenhou imagens do norte da Itália, formando a série "Com a FEB na Itália", exposta no Rio de Janeiro, em São Paulo e em Porto Alegre.

Em 1950, fixou-se em Porto Alegre. Além de se dedicar à pintura e à gravura, iniciou nova fase na carreira, participando de atividades na imprensa. Participou também da criação do Clube de Gravura de Porto Alegre, ideia que se espalhou pelo país e até pelo exterior.

Carlos Scliar alternou sua permanência entre Porto Alegre, Rio de Janeiro, São Paulo e Ouro Preto.

As obras do artista podem ser vistas em acervos de museus e coleções nacionais e estrangeiras.

Carlos Scliar morreu no Rio de Janeiro, em 2001.

Carlos Scliar

VINTE

A imprensa já não divulgava mais o caso. Rogério se revoltou. A notícia estava em andamento, afinal de contas. Lia estava hospitalizada e ele precisava saber como a paciente evoluía. Se ela estivesse morta, os jornalistas dariam destaque ao episódio. Já vira, ouvira e lera vários casos parecidos. Pessoas desaparecidas, vítimas de acidentes, de alguma violência ou mesmo de doença. Um ou dois dias de cobertura e, pronto, esquecimento. A história das pessoas virava notícia velha muito rápido.

Acessou a página *Somos todos Lia*, onde encontrou fotos e mensagens de colegas, amigos e professores. O tom era o mesmo: fé e torcida.

"Gente, nossa Lia continua em coma", alguém escreveu. A data da postagem era o dia anterior.

Portanto, nada de novo, sem informação atualizada.

E se ela morrer?

Rogério se alarmou com o pensamento. O que faria com o *pen drive*? Devolveria à família da moça? Qual explicação daria aos pais dela? Olha, eu furtei o *pen drive* no dia do atropelamento, fiquei esses dias todos bisbilhotando a intimidade da filha de vocês, mas tudo bem, agora tô devolvendo.

Fé e torcida.

Teve vontade de ligar para o Hospital de Pronto Socorro. O que diria? Que era primo da moça? Colega? Desistiu. Nem vão me atender, concluiu.

Na escola, Gomes seguia sem aparecer. No trabalho, Rogério era elogiado pela impressionante e improvável venda das fechaduras.

A comissão bem gorda gerava respeito e inveja. O comentário era que, quando o senhor entrara calçando chinelos de dedo e roupas sujas, ninguém quisera perder tempo com ele.

Em casa, a mãe de Rogério mantinha seu trabalho incessante. Ele tinha pena. Poucas vezes via Maria descansando. Estava sempre às voltas com frituras, assados e docinhos. Não se lembrava da última vez que a tinha visto sentada em uma cadeira. Além de todo o trabalho, Maria seguia com suas desconfianças a respeito de Leocânico. O quadro ficou ainda pior: ele passou a fazer encomendas regulares. E pagava na hora.

Fortunato falava mais em Leocânico e no Cibéria e menos no paranaense disposto a abrir a fábrica de esquadrias na zona norte.

Um dia, na janta, quando Fortunato falava de quem havia encontrado no botequim, Rogério disse:

— Pai, o nome do boteco tá errado.

O pai estranhou. Errado?

— Ci-bé-ria... — soletrou, sem entender aonde o filho queria chegar.

— É com "S". O certo é Sibéria com "S".

— Até isso! — a mãe disse da cozinha, e começou a resmungar sobre seus pressentimentos e intuições.

Fortunato riu da implicância de Maria.

— É o nome de um lugar, pai — Rogério insistiu. — É com "S".

O pai esticou o lábio, surpreso com o esclarecimento do filho.

— Bom, agora é tarde, parceiro. O nome pegou.

VINTE E UM

Sibéria: região da Rússia e do norte do Cazaquistão. Localizada na Ásia, estende-se dos montes Urais ao Oceano Pacífico, no sentido oeste-leste, e do Oceano Ártico, acima da Rússia, até o centro-norte do Cazaquistão, no sentido norte-sul, chegando até a fronteira com a Mongólia e a China. Tem mais de 13 milhões de km².

A Sibéria é conhecida pelos seus invernos rigorosos e longos. A temperatura na região chega a −25 °C.

Durante o czarismo e no regime soviético, a Sibéria foi a principal área de deportação de dissidentes políticos na Rússia devido ao seu isolamento geográfico e às condições de vida difíceis. No local foram construídos vários *gulags*, campos de trabalho forçado. Para lá eram enviados criminosos, presos políticos e qualquer cidadão que se opusesse ao regime da União Soviética.

LISTA DE LUGARES PARA CONHECER E SER FELIZ
Nº 5
Cruzar a pé a ponte Golden Gate, em São Francisco.

Sibéria

VINTE E DOIS

CAPÍTULO SETE

Pouco depois de o verde tomar conta do país, um avião pousou no aeroporto da Cidade de Verde, novo nome da capital da República Verde. O avião azul e branco trazia turistas e homens de negócios. O aeroporto parou para observar o avião azul e branco e aquelas estranhas pessoas de pele diferente, vestindo roupas coloridas.

O piloto e os turistas primeiro imaginaram que estavam loucos. Uma pista de aterrissagem verde? Um aeroporto todo pintado de verde?

Descobriram que não estavam loucos nem estavam sonhando quando foram atendidos por gente verde. Pele verde, cabelos verdes, olhos verdes, unhas verdes, tudo verde.

"Será que isso é um circo?", perguntou um dos passageiros.

"Parece mais um hospício", falou outro.

A Brigada Verde apareceu e cercou o grupo de visitantes.

"O que querem aqui?"

"Somos turistas", disse um dos passageiros.

"Viemos a trabalho", disse o homem de terno e gravata.

"Não há nada pra vocês aqui", falou o major da Brigada Verde, indignado com tantas cores proibidas à sua frente. Chegava a sentir um embrulho no estômago diante dos estrangeiros.

"Qual é o problema de vocês? Que maluquice é essa? Por que estão todos pintados de verde? É algum tipo de doença?" O turista estava muito curioso, nunca havia visto nada parecido.

"Nós somos verdes!", gritaram orgulhosos todos os militares da Brigada Verde. "Somos verdes, da República Verde, nosso novo país!"

"Este país mudou de nome?", indagaram os turistas, intrigados.

"Agora o nome é República Verde! Verde ou nada! Verde ou nada!"

Os visitantes se encolheram uns contra os outros, o medo circulando em suas veias. Embora a situação lhes parecesse absurda, perceberam não se tratar de brincadeira ao verem tantos olhares hostis.

"Verde ou nada!", gritavam todas as pessoas verdes no aeroporto verde, militares ou não.

Os turistas e os homens de negócios tiveram de embarcar no avião azul e branco e partir no mesmo instante.

CAPÍTULO OITO

O episódio no aeroporto causou muita polêmica. Jornais, rádios e televisões da República Verde não falavam de outra coisa. As fotos e as imagens do avião azul e branco foram proibidas. Eram subversivas, porque exibiam cores banidas do país.

A situação preocupou tanto os governantes da República Verde que as fronteiras foram fechadas. Aviões, carros, trens, ônibus, carroças e barcos em geral vindos do exterior deviam dar meia-volta. Estavam proibidos de entrar no país. Nada de poluição. Ninguém podia sair ou entrar na República Verde.

Era a lei.

Por causa dessa lei, a República Verde deixou de receber vários produtos importados. Petróleo, por exemplo. Mas isso não foi problema, já que os cientistas trabalhavam 24 horas por dia. Eles inventaram a gasolina verde. Tão verde que os carros soltavam fumaça verde.

84

Para cada artigo que deixava de ser importado, um similar era inventado, sempre na cor verde. O povo verde trabalhava para se livrar das cores proibidas. Queriam a independência total.

Os religiosos diziam que era pecado sonhar colorido, e os pecadores deviam repetir mil vezes em voz alta:

"Verde ou nada!".

Os religiosos garantiam que Deus era um velho grande, enorme, que flutuava em volta de tudo, com sua longa barba verde, sua pele verde enrugada, seus olhos verdes atentos.

Os políticos chegaram a uma conclusão muito lógica e sábia: se Deus é verde, os outros países são pecadores, pois permitem todas as cores.

"Isso está muito errado", falou um político.

"Não pode ser", afirmou outro político.

"Temos que agir imediatamente", completou mais um político.

"Verde ou nada!", berraram eles.

E a guerra começou.

Omelete Francesa

VINTE E TRÊS

Omelete francesa

Ingredientes:
- 3 ovos
- 30 g de manteiga
- Sal e pimenta-do-reino a gosto

Preparo:
Em uma tigela, quebre os ovos e misture-os, incorporando as gemas às claras. Use um garfo e não exagere na força. Tempere com sal e pimenta. Aqueça uma frigideira antiaderente e coloque a manteiga. Espere a manteiga derreter, sem deixá-la queimar. (Para fazer a omelete francesa original, é fundamental o uso da manteiga.)

Despeje os ovos e deixe dourar.

Dobre duas vezes com uma espátula.

E *bon appétit*!

LISTA DE LUGARES PARA CONHECER E SER FELIZ — Nº 6

Conhecer Machu Picchu, no Peru.

VINTE E QUATRO

— E aí, sumido?

Gomes se virou. Era Rogério. Os dois estavam no pátio da escola, no intervalo.

— Coé, mermão!

— Achei que tinha largado o colégio de vez.

Os sentimentos de Rogério eram conflitantes. Gostava do colega, ele era divertido. Ao mesmo tempo, ainda estava engasgado com o furto do alicate.

— Não é só você que trabalha não, tá ligado? Eshhhtive eshhtudando umashh paradahshh aí, mermão.

— Paradas, é? — Os batimentos cardíacos de Rogério indicavam alta velocidade. Seu estômago se contraiu, mas disse: — Vai entrar na Ferragem e roubar outra coisa?

Gomes recuou dois passos, levou as mãos à frente do peito em sinal exagerado de defesa.

— Uai, tá de comédia, vacilão?

— Tô falando sério, cara. Foi uma baita sacanagem o que tu fez.

— Relaxa, fio. Como se a Ferragem fosse tua.

— Eu trabalho lá. O dono me trata bem. Por isso... — estendeu a mão.

Gomes olhou o gesto de Rogério sem entender. Alguns alunos começaram a observar a cena. Perceberam a tensão entre os dois garotos.

— Qual foi, mané?

— Quero o alicate de volta. — Rogério não conseguiu imprimir força à voz. Estava nervoso, assustado com as possíveis consequências de sua atitude.

Gomes riu forçado, dobrou-se, deu tapas nos joelhos. Rogério permaneceu com seu gesto claro: devolve. A roda de gente em torno dos dois cresceu.

— Tudo bem, truta. Eu devolvo — Gomes disse, avançou e deu uma cusparada na palma da mão do colega. — Taí, mermão.

Sem pensar, Rogério foi para cima e agarrou o camisetão vermelho do Tampa Bay. Ninguém entendeu: ele pretendia se limpar ou empurrar Gomes? Nem mesmo Rogério sabia a resposta. Nunca se envolvera em uma briga antes, era inexperiente, desconhecia os procedimentos. Gomes, ao contrário, sabia o que fazer. Livrou-se do ataque desajeitado e, com muita velocidade, aplicou a rasteira.

Rogério desabou de lado, o rosto bateu na terra. Não doeu, foi a humilhação que o pegou com mais força.

Gomes ajoelhou e disse bem perto da orelha de Rogério:

— Fica eshhperto, mermão. Xishhh nove sempre amanhece com a boca cheia de forrrmiga.

Levantou-se e saiu.

VINTE E CINCO

Gosto de terra na boca.

Escovou os dentes no vestiário da Ferragem. Foi inútil. O sentimento de fracasso e o gosto de poeira persistiam.

Alguém tinha ajudado Rogério a levantar, mas ele não lembrava quem. No banheiro, lavou o rosto cheio de lágrimas. Não era dor, era ódio. Em parte, consigo mesmo. Os dois últimos períodos tinham passado sem ele perceber. O caderno ficara aberto em uma página qualquer. As linhas permaneceram vazias. A voz da professora soara distante, impossível de ser ouvida.

Guardou a escova de dentes e o creme dental no estojo e voltou a se olhar no espelho. Na maçã do rosto, perto do olho direito, podia-se perceber uma mancha avermelhada. Se alguém perguntasse, tinha a resposta pronta.

Preferia sumir, esconder-se na Sibéria. Mas tinha responsabilidade. Precisava trabalhar, ajudar em casa. Alternava momentos bem distintos, entre pensar em se vingar de Gomes e saber que o mais inteligente era deixar aquilo passar. Aí, lembrava da ameaça do colega. Tentava elaborar atitudes violentas. Sossegava. Muito melhor ficar longe de Gomes. Ele era problema.

Encaminhou-se para o setor de pisos e revestimentos. A Ferragem estava tranquila, poucos clientes. Rogério adorava os ladrilhos hidráulicos. A cada semana chegavam novas amostras com padronagens encantadoras. Difícil decidir qual era sua preferida. Apanhou uma peça: 20 × 20 cm, 11 mm de espessura, feita em cimento, retificada, em dois tons de azul, branco e amarelo.

Acho bem legal esse, ela diz. Tem na casa da minha vó.

É mesmo?

Lia apanha a peça, passa os dedos sobre a superfície.

Parece com teia de aranha, comenta.

Rogério não via pelo mesmo ângulo. Achava a padronagem parecida com rede de pesca ou emaranhado de raízes.

Viu as fotos dos meus avós?

Rogério baixa a cabeça, envergonhado.

Foi mal. Mas eu não olhei tudo no teu *pen drive*, ele diz, desculpando-se.

Eles são uns velhinhos bem bonitos. Amo eles.

Ela sorri, devolve a peça. Assim, de perto, percebe como ela é alta. Claro, joga vôlei na escola.

Na foto da minha vó materna, aparece a cozinha dela. Lá tem uma parede com ladrilhos bem parecidos com esse teu. Ela tá me ensinando a cozinhar, me passa receitas ótimas. E tu? Gosta dos teus avós?

Gosto, ele responde. Mas eles moram no interior. É longe, então nem sempre a gente se vê.

Bom que hoje podemos fazer chamada de vídeo.

Ah, é. Rogério se constrange ao pensar em seus equipamentos ultrapassados.

— Vai descer, moço?

Rogério se desconectou de seus diálogos hipotéticos, pediu desculpa à mulher e abriu espaço para ela no corredor do ônibus.

Ele desembarcou na parada seguinte. Tinha convicção de que Lia Tartini Gama era alguém especial, simpática, boa de conversa. Além disso, era linda. Seus olhos verdes brilhavam.

Naquela noite, trocou de calçada, queria passar bem na frente do Cibéria. Lá estava seu pai, conversando com Leocânico. Estavam juntos à caixa registradora. As moças se deslocavam por entre as mesas atendendo aos pedidos. A maioria dos clientes eram trabalhadores que faziam parada ali antes de ir para casa. Pediam cerveja e petiscos. Rogério ficou imóvel, sem medo de ser visto espionando. Qual o interesse do pai em Leocânico? Ou seria o contrário?

Viu que Leocânico olhou para os lados, inclinou-se, falou algo a Fortunato e os dois se retiraram até o fundo do Cibéria.

Acesso restrito a funcionários.

Obrigado.

93

VINTE E SEIS

Saudades do Duque. O cachorro sempre metia as patas dianteiras no seu peito quando chegava, não importava se a ausência tivesse durado poucos minutos. Como ele fugira? Por onde andava? Estaria bem, o Duque?

Mal entrou e a mãe se assustou.

— O que foi isso no teu rosto, meu filho?

— Nada — ele disse. — Fui carregar uma caixa e ela bateu aqui. — Passou a mão para provar como nem doía. Na verdade, doía, sim.

Maria não se convenceu, mandou o filho chegar perto, precisava examinar. Em seguida, despejou a forma de gelo dentro de uma sacola plástica de supermercado.

— Toma, bota em cima. O teu rosto tá inchado, meu filho.

— Tá, mãe. — Rogério resolveu obedecer. Discutir com ela só pioraria tudo, e ainda tinha o risco de ela desmascarar sua mentira.

— Teu pai não chegou — ela disse e voltou à beira do fogão.

Rogério pensou em contar onde ele estava, mas isso só ia aumentar as lamentações e desconfianças da mãe. *Fica eshhperto, mermão. Xishsss nove sempre amanhece com a boca cheia de forrrmiga.* Ouviu a voz de Gomes. Muito clara.

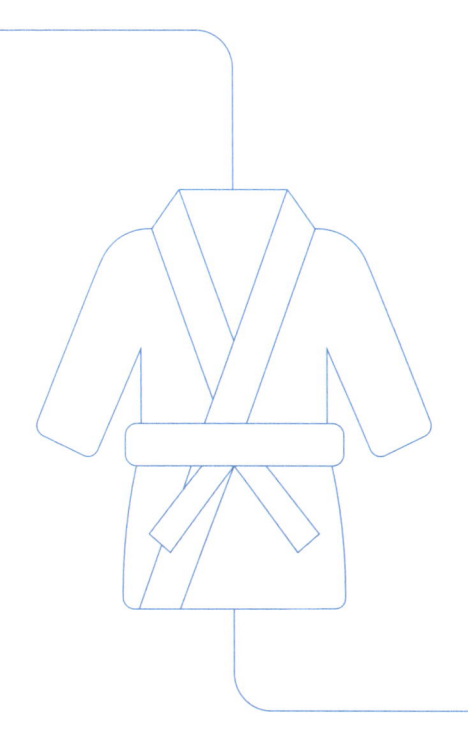

Foi para o quarto, ligou o computador. Deixou a mochila ao lado da bancada e deitou, pressionando o saco de gelo sobre a área do rosto atingida. Precisava de aulas de defesa pessoal. Judô, *kung fu*, muay thai, qualquer um. O importante era aprender a se defender.

O que vai acontecer amanhã?

Tentou responder à sua própria pergunta. Talvez Gomes não vá à escola. Mas Rogério tinha certeza, cedo ou tarde ele ia aparecer. E aí? Nova briga?

— Hoje foi só uma rasteira — resmungou.

Se Gomes resolvesse bater de verdade, Rogério estava perdido. O melhor seria correr.

Levantou da cama. O machucado agora ardia. Parou o tratamento. O gosto de poeira seguia entre os dentes e na garganta.

Colocou o celular para carregar e viu meia dúzia de mensagens. Eram colegas querendo saber como ele estava. Ignorou-os, porque a verdade era muito dolorosa. Outros precisavam saber qual seria sua atitude no dia seguinte. Manteve-se em silêncio porque não fazia ideia do que responder.

Vasculhou os *sites* de notícias. Apareceram só notícias antigas. Lidas, velhas. Na página *Somos todos Lia* também não encontrou nada de novo. Só as mensagens de sempre, orações, fotos de flores e cartões desejando o pronto restabelecimento da jovem.

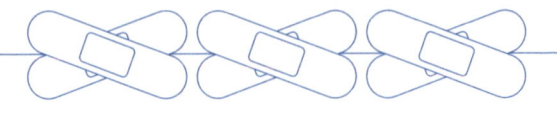

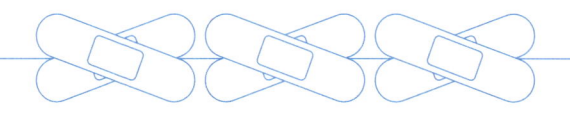

Apanhou o celular, inverteu a câmera e se observou. Parecia mesmo inchado. Acionou o botão e tirou a foto. Pronto, agora tinha o registro. Era um covarde? Ou só fraco?

Teve raiva de si mesmo. Imaginou diferentes cenários para a briga. Ele se esquivava e acertava o queixo de Gomes. Nocaute. Ou então agarrava o braço dele, girava o corpo e o lançava no ar por cima do ombro. Ippon.

Nunca tivera tal tipo de problema antes. Sempre se dera bem com todos. Agora, quando precisara se defender, não conseguiu fazer nada efetivo. Achou-se fraco e desajeitado. Ainda por cima, era baixo, pesava pouco. Só mesmo nascendo de novo, concluiu com raiva.

Como seria no futuro, quando envelhecesse? O pai era homem grande, por certo sabia se cuidar. E ele?

Voltou a aplicar a sacola de gelo no rosto. Ela começava a pingar, mas não se importou.

Colocou o Kardia de 32 *gigabytes*, cor de laranja e prata, na entrada USB. Estava gostando daquela história de Lia. Imaginou a voz dela ao ler cada linha.

(VINTE E SETE)

CAPÍTULO NOVE

Todas as guerras são iguais. Políticos e militares as criam. Soldados as executam. O povo as sente. Nunca há vencedores. Todos os lados morrem um pouco.

O país vizinho, de onde veio o avião azul e branco com turistas e homens de negócios, foi atacado pelas Forças Armadas da República Verde. Um ataque fulminante e maciço. Aviões, tanques, tropas e navios avançaram lançando bombas e mísseis verdes. Os cientistas do país desenvolveram armas capazes de destruir e espalhar tinta verde por todos os lados.

Em poucas semanas as Forças Armadas da República Verde tomaram conta do inimigo e transformaram o país conquistado em sua extensão territorial.

O povo dominado não sabia direito o motivo da guerra. Foi tão repentina, diziam, como isso pode ter acontecido?

E o povo do país invadido foi obrigado a se submeter às novas leis.

Verde ou nada.

Todas as pessoas foram pintadas de verde, passaram a se alimentar de comida verde, beber água verde, trabalhar nas fábricas de produtos verdes, e todos aprenderam a adorar o verde.

Verde ou nada.

Mas, como em todas as guerras, surgiram grupos rebeldes, formados por pessoas que se recusavam a aceitar o verde como verdade definitiva. Os rebeldes eram caçados como criminosos e eram punidos antes de serem domesticados. Quando um deles era capturado, ia direto para a cadeia, de onde só podia sair depois de estar totalmente convertido em um novo cidadão da República Verde.

CAPÍTULO DEZ

A vitória deixou felizes políticos e militares da República Verde. A vitória lhes mostrou seu crescimento, deu a eles a certeza de que o verde podia crescer no mapa.

Assim, organizaram um ataque surpresa ao pequeno país ao norte.

Foi mais fácil do que imaginaram. Em poucos dias conquistaram a nação que se atrevia a viver em sociedade colorida, onde o verde era apenas uma cor entre as demais.

Os soldados chegaram às cidades com seus lança-tinta verde. Os aviões despejaram jatos de Verde Super. Os cientistas pintaram o céu de verde. E quando alguém se atrevia a perguntar por que os soldados estavam eliminando as cores...

"Verde ou nada" era a resposta.

As novas leis foram impostas.

Verde ou nada.

O verde no mapa ficou maior com o novo território. Políticos e militares alargaram os sorrisos. A República Verde era agora o resultado da união forçada de três países.

Mas era o bastante?

CAPÍTULO ONZE

Uma grande reunião foi realizada. O auditório do palácio do governo da República Verde estava cheio de políticos, religiosos e representantes do povo.

"Tirando o verde, todas as cores são pecado", lembrou um religioso, que foi aplaudido com vigor.

"Amém!", gritaram os representantes do povo.

"Nossas Forças Armadas acabam com qualquer pecado, com qualquer inimigo", garantiu um general e recebeu a maior chuva de aplausos.

"Nós podemos!", berraram os representantes do povo.

"Nossa nação cresceu, senhoras e senhores", falou um senador, e foi monumental o calor dos aplausos.

"Cresceu, cresceu!"

Os representantes do povo estavam realmente excitados.

Quando as palmas diminuíram, um deputado se levantou e todos ficaram esperando o que ele ia dizer.

"Nosso país cresceu, é verdade. Mas será que precisamos crescer mais? Será que temos o direito de invadir e conquistar outros países? Será que é preciso fazer tantos prisioneiros?"

> O silêncio tomou conta do grande auditório. Ninguém sequer respirava.

"Nossas Forças Armadas são fortes", continuou. "Mas será que não é hora de parar com tantas guerras?"

As pessoas dentro do auditório trocaram olhares. Estavam aturdidas. Custavam a acreditar no que tinham acabado de escutar. Só a voz do político se ouvia.

"Nossa cor é o verde, mas por que as outras cores são pecado? Lembram das antigas igrejas? Dos vitrais? Sempre foram tão coloridos."

Um bispo deu um soco estrondoso na mesa. O ruído ressoou pelo auditório, como o estouro de uma bomba.

"Pecador!"

"Pecador, pecador!", explodiu o público.

"Escutem, por favor! Escutem o que eu tenho a dizer", pediu o deputado.

"Traidor!", o general acusou.

"Traidor, traidor!"

E o deputado não conseguiu ser ouvido. Foi algemado e levado para a cadeia.

"Verde ou nada! Verde ou nada!"

Os gritos
ecoaram por
muitas noites
no palácio.

VINTE E OITO

Rogério começou a frequentar a biblioteca da escola todos os dias. Apanhava livros, revistas ou enciclopédias e fingia ler ou pesquisar. Seu temor era reencontrar Gomes no pátio e sofrer nova agressão.

O correto seria *ele* ter vergonha de me ver.

Rogério pensava assim, mas descobrira como o mundo era imperfeito. Nem sempre o mocinho vencia o bandido, a vida aplicava rasteiras em quem não merecia, e porcarias aconteciam a toda hora.

A bibliotecária o olhava por cima dos óculos, com seu jeito azedo. Rogério teve vontade de perguntar se ela era mesmo triste e raivosa ou se aquilo era só teatro. Estava desanimada com a profissão? O porteiro tinha mesmo dispensado ela?

Sentiu movimento às suas costas, um deslocamento de ar morno e perfumado.

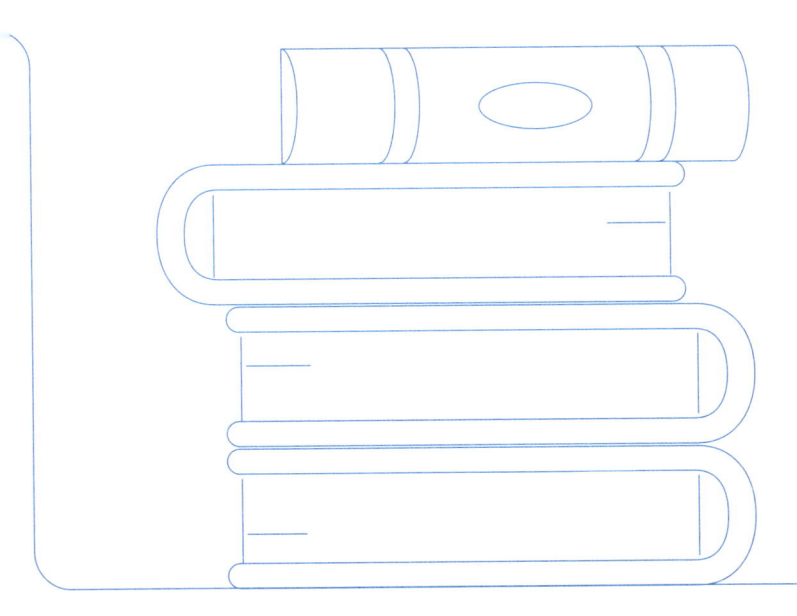

Lia se senta a seu lado, pesca a revista no centro da mesa, começa a girá-la com o indicador. Devagar e de modo contínuo, como brincadeira de criança.

Tu tem namorada?, ela pergunta.

Ãh-ãh, Rogério nega, constrangido. Nem sabe por que está constrangido, nunca viu problema em estar sem namorada. Mas, diante da moça, sentiu-se esquisito e, no fundo, esperançoso. Por isso ele arrisca: E tu?

No momento, tô sozinha, ela diz.

O estômago dele gela. Bem, a notícia é promissora.

Mas já tive alguns namorados, ela diz. Nada muito sério. Ela abandona a revista, recolhe os cabelos castanhos com as mãos, torce-os em feixe único e os joga sobre o ombro.

Sopro floral e cítrico atinge Rogério. Ele adora.

Namoricos, ela diz. Acho que é o melhor jeito de definir. Isso, namoricos. Porque eles não passaram na prova das três semanas.

Prova das três semanas? Com ela, Rogério fica sem medo de parecer ignorante. Pode ser gíria recente ou novo conceito entre as gurias de 16 anos.

Ah, é uma coisa que eu inventei.

É? Tu inventou? Me explica.

Bom, ela solta risadinha encantadora. É assim: em três semanas, eu já sei se a história vai dar certo ou não.

Como?

Os caras revelam quem são nesse tempo. Até conseguem disfarçar na primeira e na segunda semana, ela diz, mas ninguém me engana depois da terceira semana.

Pelos cálculos de Rogério, Lia entrava na segunda semana de coma naquele dia. Viu que um dos computadores vagou e aproveitou para procurar notícias sobre a moça atropelada.

Na página criada pelas amigas, a novidade: os médicos reduziram a sedação e nossa Lia saiu do coma induzido.

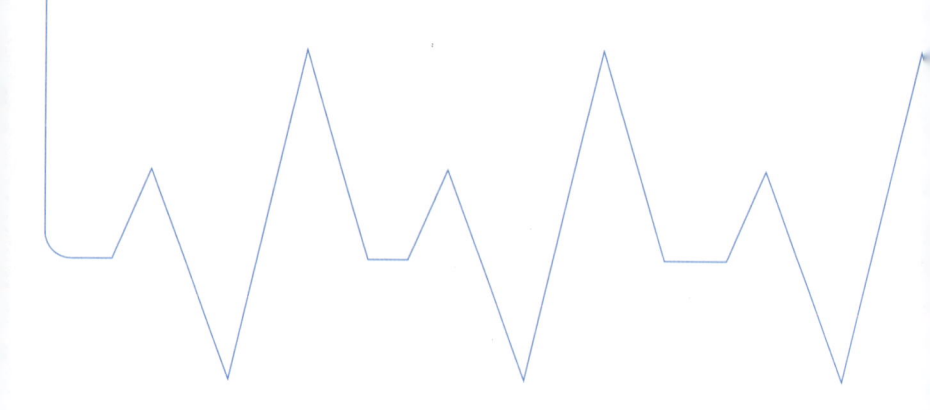

— Uau — ele deixou escapar, fascinado, sacudindo o punho fechado.

Fé & Torcida.

Conforme o relato, ela reagia a estímulos. O fato indicava lenta caminhada rumo ao restabelecimento. Quando Lia estivesse boa, podendo receber visitas, apareceria no hospital e entregaria o *pen drive*. Também pediria desculpas a ela, olho no olho. Teria coragem?

O sinal soou. Ele fechou o *site* e se levantou.

— Ganhou na loteria?

Rogério se assustou com a voz da bibliotecária. Demorou a entender e ela aguardou sem explicar a pergunta.

— Ah... Não. Eu vi...

Rogério contou a boa nova e acrescentou ter presenciado o acidente. A bibliotecária se endireitou na cadeira em um pulo, os olhos bem abertos. Levou a mão ao peito, refazendo-se do susto.

— Nada pode ser pior do que perder um filho — ela disse. Seu queixo tremeu e lágrimas transbordaram.

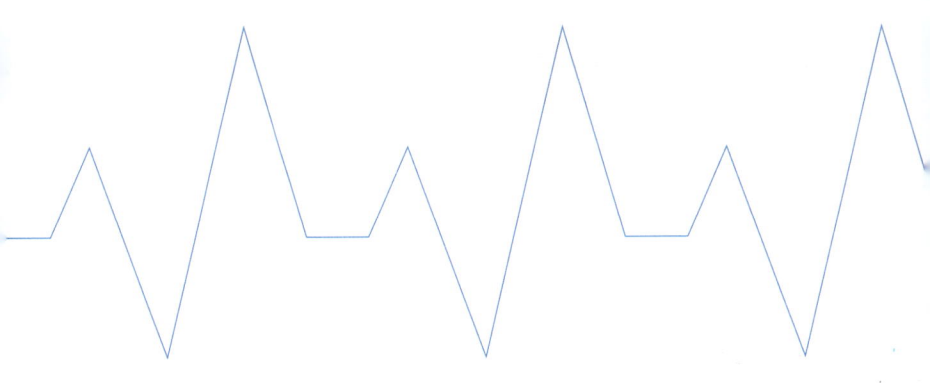

Extremosa

VINTE E NOVE

extremosa

Nome científico:
Lagerstroemia indica.

Planta conhecida como *extremosa* ou *resedá*.

Natural do sudoeste da Ásia, hoje é plantada em quase todo o mundo. No Brasil, pode ser encontrada em grande parte do país.

Seu porte não é muito grande. Chega até oito metros de altura. A extremosa floresce no final da primavera e durante o verão. Tem flores com pétalas brancas e em tons de rosa e lilás. Seus frutos são bolinhas marrons.

Nas cidades, ela é vista em vários pontos, pois fica abaixo da fiação elétrica e suas raízes não deformam as calçadas.

LISTA DE LUGARES PARA CONHECER E SER FELIZ — Nº 7

Comer um assado em Buenos Aires.
(Vários assados, na verdade.)

(TRINTA)

Adoniran Barbosa_Trem das onze_1964_.mp3

Adoniran Barbosa

110

JOÃO RUBINATO nasceu em 1910 em Valinhos, interior de São Paulo. Filho de imigrantes italianos, abandonou a escola cedo, pois precisava trabalhar e ajudar a família numerosa. Tinha sete irmãos.

Seu primeiro emprego foi como entregador de marmitas, em Jundiaí, também no interior paulista. Queria ser ator, mas não tinha instrução adequada nem quem o ajudasse a seguir essa carreira.

Em 1933, foi aprovado em programa de calouros de uma rádio de São Paulo.

Dois anos mais tarde, teve sua primeira composição gravada e passou a usar o pseudônimo Adoniran Barbosa.

Em 1941, trabalhou na Rádio Record, de São Paulo, onde fez radioteatro.

Em 1943, começou parceria com a banda Demônios da Garoa.

Em 1951, gravou seu primeiro disco.

O sucesso veio em 1955 com "Saudosa maloca" e "Samba do Arnesto". Nessas composições, Adoniran Barbosa consolidou seu estilo único de cantar e dar voz às classes populares, em especial aos imigrantes italianos, como sua família.

Outro de seus grandes sucessos é "Trem das onze", de 1964.

Adoniran Barbosa faleceu em São Paulo, em 1982.

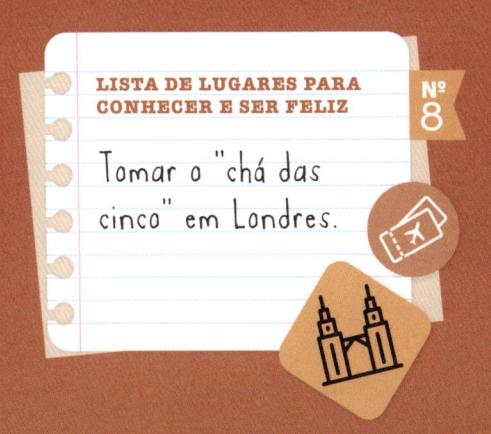

LISTA DE LUGARES PARA CONHECER E SER FELIZ

Nº 8

Tomar o "chá das cinco" em Londres.

TRINTA E UM

Um colega da Dirceu Ferragem Múltipla soltou a bomba pela manhã: a loja foi assaltada!

Rogério estava a caminho do colégio e estacou sua caminhada. O quê?

Mandou mensagem, pediu detalhes. Esperou, encostado no muro. Nada. Sem créditos no celular, ficou sem poder ligar.

Então, sem perceber, saiu da inércia, mudou de rumo e subiu no ônibus.

Enquanto sacolejava, apertado entre as pessoas que se deslocavam para seus trabalhos, teve uma intuição, como sua mãe diria. Gomes estava metido naquilo.

Como saber?

Impossível, na verdade. Mas a visita de Gomes à loja, as fotos tiradas junto às prateleiras e o pequeno furto cometido o fizeram pensar na possibilidade. Depois veio o aviso sinistro: *Fica eshhperto, mermão. Xishsss nove sempre amanhece com a boca cheia de forrrmiga.*

Pareceu óbvio a Rogério que o rapaz, fã da liga nacional de futebol americano (embora, com certeza, não soubesse nada a respeito do esporte), tinha ido visitá-lo com o objetivo de investigar o interior da loja. Ele pegara o alicate para testar a segurança do local. Nenhum produto possuía etiqueta antifurto nem as portas do estabelecimento contavam com as respectivas antenas de detecção. Era impraticável para o vigia dar conta de tudo; na prática ele funcionava como relações públicas ou recepcionista, alguém sempre disposto a dar informações a respeito dos setores da loja. E, por fim, as câmeras de segurança intercalavam dias de funcionamento e outros de manutenção.

De longe, Rogério viu duas viaturas, uma da Polícia Civil e outra da Brigada Militar. Populares curiosos se aglomeravam junto ao estacionamento, atraídos pelas luzes dos giroflex, como mariposas.

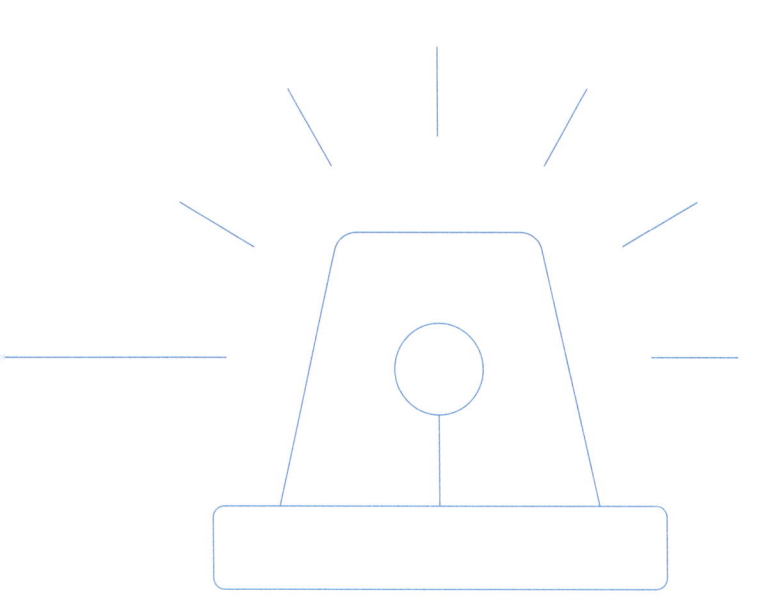

Aproximou-se do grupo de funcionários do turno da manhã. Os assaltantes teriam entrado por uma janela lateral. Conseguiram arrombar o fecho e invadiram. Ainda não se sabia o que havia sido levado nem era possível calcular o prejuízo.

Teses começavam a se proliferar enquanto a verdade não era estabelecida. Gangue de arruaceiros, grupo especializado em roubo de ferramentas, craqueiros em busca de produtos para trocar por drogas.

Do lado de dentro, Dirceu acompanhava os policiais. Rogério teve pena. O chefe era homem bom, dava oportunidade a várias pessoas, não merecia ter o negócio invadido. Imaginou alguém entrando na sua casa e levando seu computador. A máquina podia ser velha, mas era sua, tinha importância. Pior seria se levassem o fogão industrial da mãe. Os pais ainda pagavam as prestações, e o trabalho dela sustentava a casa.

Rogério tentou ver por onde os ladrões acessaram a Ferragem, mas os policiais já haviam colocado fita amarela e preta para isolar a área. Igual nos filmes. E agora? Será que vão pegar o depoimento de todo mundo?

Rogério entrou em pânico, começou a suar, recuou, foi sentar no muro da loja ao lado.

Sabe alguma coisa sobre o assalto?

Não, senhor.

Conhece alguém que poderia querer assaltar a loja?

Não, senhor.

Tem certeza, Rogério? Mentir pra polícia é crime, sabia?

Sacudiu a cabeça, espanou a imagem. Contaria sobre Gomes? Se falasse do sumiço dele da escola, transformaria Gomes no suspeito número um. E se revelasse o fato de o suspeito ter furtado o alicate da Ferragem? Omitiria ter sido bem na sua frente, sem ele ter feito nada? Isso era ser cúmplice?

A voz do senhor no ônibus voltou aos ouvidos de Rogério. Era preciso fuzilar os ladrões.

TRINTA E DOIS

CAPÍTULO DOZE

Os guardas jogaram o deputado traidor dentro de uma cela de grades e pedras verdes. Sem cama, só feno verde, sobre o qual ele poderia deitar. Umidade e pouca luz verde.

Havia outro homem lá dentro.

"Qual foi o teu crime?", ele perguntou.

"Dizem que eu sou traidor."

"É o crime mais comum. As prisões estão cheias de gente como nós."

"Você também é considerado um traidor?"

"Sim, só que de outro tipo", contou o prisioneiro. "Sou considerado subversivo."

"Subversivo? Por quê?"

"Eu tinha uma linda casa branca com janelas vermelhas e era muito feliz lá. Até o dia em que me recusei a pintá-la de verde."

"E o que aconteceu?"

"Ora, pintaram minha casa e meus móveis de verde, é lógico.

E, quando fui reclamar, descobri que todo mundo estava enlouquecendo, só queriam saber de verde, verde, verde."

Os dois homens ficaram quietos, pensativos. Depois de alguns minutos, o político falou:

"Eu era deputado", revelou. "No começo, apoiei a onda verde. Achava bonito, correto, todos trabalhando juntos por um objetivo único, mas quando iniciaram as guerras, pensei melhor. O que estava acontecendo não é direito."

"Concordo", disse o prisioneiro. "Ninguém pode ser obrigado a acreditar no que não acredita."

De repente, uma luz forte e muito verde iluminou a cela. Uma voz no alto-falante começou a repetir "Verde ou nada" sem parar por pelo menos dez minutos. Aí parou.

O prisioneiro explicou que se tratava do programa de educação. Passavam por aquilo os rebeldes, os subversivos e os traidores.

"Todo dia é assim?"

"Todo dia. Até os prisioneiros se tornarem autênticos seguidores das leis da República Verde."

"E se isso não acontecer?", perguntou o deputado.

"O prisioneiro fica na cadeia pelo resto da vida."

"Pelo resto da vida?"

"Exatamente. Pelo resto da vida", falou e caminhou até a janela com grades verdes. "Olha só pra isso. Uma cidade, um país todo verde."

O deputado se aproximou e observou os prédios, as luzes, o céu.

"Como chegamos a esse ponto?"

O prisioneiro respondeu:

"O homem é capaz de cometer desastres sem perceber. Quando se dá conta, já é tarde."

"Nunca é tarde, meu amigo", assegurou o político condenado por traição.

CAPÍTULO TREZE

A guerra prosseguia, afinal, ainda havia muitos lugares onde o resto das cores era permitido.

A cada dia, novas armas eram inventadas. Mais potentes e verdes do que as anteriores.

Às vezes, no entanto, surgiam pequenos imprevistos que nem mesmo a força parecia resolver.

Foi o que aconteceu num país do Oriente.

Tudo corria bem: casas, animais, plantas e pessoas já tinham recebido a cor verde. Rios, lagos e mares também. O céu sobre aquela nação perdera o azul.

As Forças Armadas da República Verde foram informadas de que no alto da montanha verde coberta de neve verde vivia um homem. Um destacamento do Exército da República Verde foi enviado ao local com urgência.

Fazia muito frio e ventava sem parar. Os soldados se perguntavam por que alguém tinha escolhido morar em um lugar como aquele.

Depois de um dia inteiro procurando, finalmente o tal homem foi encontrado. Na verdade, não foi bem assim que aconteceu: os soldados é que foram encontrados. Salvos, na verdade.

Estavam mortos de frio, perdidos, famintos. Já não tinham esperança de sair da missão com vida. Nesse momento surgiu um velho de barba grisalha que os conduziu para a caverna onde morava.

Era um local espaçoso, com prateleiras de livros, poltronas confortáveis, tapetes finos e uma fogueira que mantinha o interior da caverna aquecido.

"Vocês vieram mais rápido do que eu imaginava", falou o velho barbudo depois de oferecer chá quente aos homens.

"Como sabia que viríamos? É algum tipo de sábio?", um dos soldados perguntou.

"Nada disso." O velho barbudo riu e apontou o rádio portátil sobre a prateleira.

"Nesse caso", insistiu o soldado, "sabe por que viemos."

"Sim, eu sei. Por isso me mudei para cá."

"Homens, ele é um fugitivo!"

"Sou sim, eu confesso. Fugi da estupidez e da ignorância há muitos anos."

O soldado olhou em volta e balançou a cabeça.

"Vejam este lugar, homens. É totalmente ilegal!"

Os outros concordaram. Havia muitas cores subversivas dentro da caverna.

"Vocês soldados não pensam. Apenas cumprem ordens. Olhem o fogo", ordenou o velho barbudo. "As chamas são ilegais? Deixam de aquecer só porque não são verdes?"

O soldado retirou um tablete verde do bolso da farda verde e jogou-o na fogueira. As labaredas ficaram verdes na mesma hora, um pequeno milagre químico.

"Pronto, agora esse fogo está dentro da lei", disse ao velho barbudo.

"Verde ou nada!"

O velho barbudo sacudiu a cabeça e perguntou:

"Vocês sonham quando dormem?".

O grupo se olhou por um momento antes de confirmar que sim, claro, sonhavam.

"Aposto que os sonhos de vocês têm várias cores."

"É proibido sonhar em outras cores, por isso tomamos comprimidos para não lembrar dos sonhos. Assim ficamos livres de pecar."

"Mas ainda assim sonham! Será que não percebem?"

Eles não percebiam. Aplicaram uma dose forte de Verde Super no velho antes de prendê-lo e destruírem seu abrigo.

TRINTA E TRÊS

Rogério retornou à escola, explicou o acontecido ao porteiro e foi direto à biblioteca. Diante da cara de surpresa da bibliotecária, ele voltou a esclarecer o motivo de seu atraso. Como faltavam poucos minutos para o intervalo, preferiu não interromper a aula em andamento.

Ela olhou o relógio, faltavam quinze minutos ainda. Balançou a cabeça, mas ficou em silêncio.

Rogério se acomodou diante do computador e não descobriu nada além do que já sabia sobre o assalto à Dirceu Ferragem Múltipla. O trabalho da polícia estava em curso. Nenhuma hipótese era descartada. Sem suspeitos.

Ele permanecia em dúvida se delatava Gomes. O colega poderia não ter relação nenhuma com o ocorrido. Assim como era possível ter servido de observador aos arrombadores. Com certeza a polícia ia gostar de saber. E, conforme a reportagem, qualquer informação era útil.

Na mesma página, viu a foto de Lia Tartini Gama. A matéria tratava da corrente de fé e solidariedade das amigas e dos colegas da jovem. Passava de duas mil pessoas o número de seguidores da página *Somos todos Lia*. O texto contava que as flores continuavam chegando ao hospital, abordava a emoção dos pais diante de tanto carinho de desconhecidos e comentava um pouco da vida de Lia, na escola e no time de vôlei. Atacante talentosa, alguém disse.

O melhor foi saber que ela tinha aberto os olhos e reconhecido a mãe. Rogério sorriu. Lia já conseguia se comunicar com poucas palavras. Até o momento, nada de sequelas aparentes. A onda de otimismo atingia todos, incluindo os médicos. O prognóstico era animador.

— Viu que aquela moça vai ficar boa? — a bibliotecária perguntou.

Rogério se virou. Sim, acabara de ler a reportagem. Era mesmo uma grande notícia.

— Graças a Deus — ela disse. — Moça jovem daquele jeito, a vida inteira pela frente. Tenho pena também dos pais dessa guria. Imagina o susto?

Ela começou a fazer várias perguntas a respeito do atropelamento. Rogério contou tudo, só omitiu o *pen drive* da vítima no seu bolso. E, pela primeira vez, ele viu a bibliotecária como uma pessoa. Antes, era apenas a mulher mal-humorada que soltava resmungos atravessados. Reparou também como era silencioso ali dentro, muito diferente da zoeira durante o recreio.

Rogério aproveitou e contou sobre o arrombamento da loja em que trabalhava. Ela pediu os detalhes e ele falou o que sabia.

— Credo, precisa te benzer — ela disse. — Tu tá carregado. Acende incenso na tua casa e toma banho de sal grosso. Bom mesmo seria tomar um passe.

TRINTA E QUATRO

Passe: é realizado com a imposição das mãos de uma pessoa ao longo do corpo de outra para transmitir fluidos mediúnicos e magnéticos. Segundo a crença espírita, ajuda na recuperação de desarmonias físicas e psíquicas. Também substitui fluidos ruins por fluidos bons e equilibra o funcionamento de células e tecidos que apresentam lesões. O passe promove ainda a harmonização do funcionamento de estruturas neurológicas que garantem o estado de lucidez mental e intelectual do indivíduo.

LISTA DE LUGARES PARA CONHECER E SER FELIZ — Nº 9

Dançar sobre as águas do rio Amazonas.

Passe

Ipê-roxo

TRINTA E CINCO

ipê-roxo

Nome científico:
Handroanthus avellanedae.

Ipê é uma palavra de origem tupi que significa "árvore cascuda".

Originário da América do Sul, o ipê é conhecido pelo seu uso medicinal e como madeira de lei.

Povos sul-americanos esmagavam e cozinhavam a casca do ipê, extraindo um óleo muito eficiente para curar feridas e úlceras.

Também é chamado de piúva, pau-d'arco, pau-d'arco-roxo, piúna e ipeúna.

Quando adulto, o ipê-roxo pode atingir 35 metros de altura, e o tronco, até 80 centímetros de diâmetro.

As flores têm coloração roxa, e os frutos são vagens que contêm sementes aladas, propícias para a dispersão pelo vento. A floração se dá durante os meses de agosto e setembro.

A árvore é encontrada do Rio Grande do Sul até o Maranhão.

Sua madeira é pesada, muito resistente e difícil de serrar.

LISTA DE LUGARES PARA CONHECER E SER FELIZ

Nº 10

Me apaixonar em Amsterdã.

TRINTA E SEIS

Rogério largou a mochila no sofá da sala de casa e contou à mãe o que havia acontecido na loja. Ela ficou horrorizada. Era uma barbaridade, não se tinha sossego em lugar nenhum. Encheu-o de perguntas, para as quais nem a polícia tinha as respostas.

Ele contou a conversa com a bibliotecária e a ideia dada por ela. Maria pensou enquanto fritava o ovo. Eram católicos, mas não via mal em um passe espírita. O problema, como sempre, era a quantidade de trabalho. Disse que outro dia o levaria ao centro espírita no bairro vizinho.

Maria pediu ajuda com as encomendas. Se a Ferragem estava fechada o resto do dia, ele ia trabalhar com ela.

Rogério ajudou no preparo dos ingredientes e na embalagem. Percebeu como fazia calor na cozinha e como ficar em pé o tempo todo era cansativo. Atender os clientes na loja pareceu muito fácil. Duas pessoas apareceram de carro para apanhar as caixas de salgados e docinhos. Ele mesmo as atendeu. Lembrou-se de entregar os cartões de visita e pedir para recomendarem o serviço a amigos e parentes.

No meio da tarde, Rogério precisou trocar o botijão de gás. Já vira o pai fazer, era só apertar bem e colocar espuma em volta da válvula. Muito importante checar se havia vazamento. Usou o telefone da mãe e pediu a entrega de botijão cheio. No fim da tarde, a mãe, com a cara torcida, o chamou:

— Essas duas caixas aqui, tu me leva ali no Cibéria.

— Pelo visto, o Leocânico gostou dos salgados, né, mãe?

— Pode ser, mas esse homem não me engana — resmungou.

Rogério voltou a pensar em Gomes. Considerava-se enganado pelo colega com quem costumava se dar bem. Jamais esperaria que o palhaço da turma fosse mudar a ponto de cometer o pequeno furto na loja. Ele estaria envolvido com o assalto? Decidiu contar à mãe. Mas ficou nisso. Faltou coragem.

— Ele tem encomendado todos os dias?

Maria confirmou com leve balançar de cabeça.

— Eu aceito só porque a gente tá precisando muito. Em outros tempos, nem pensaria em aceitar encomenda dele. Agora, vai. Ah, e vai num pé e volta no outro. Tem muito serviço aqui.

Antes de sair, Rogério perguntou se a mãe sabia preparar lasanha de brócolis.

TRINTA E SETE

Lasanha de brócolis

Ingredientes:
- 1 pacote de lasanha pré-cozida
- 200 g de presunto
- 200 g de queijo
- 1 brócolis
- 1 lata de creme de leite
- Leite
- Manteiga
- Sal e tempero a gosto
- 2 tabletes de caldo de galinha
- Queijo ralado

Preparo

Pique bem o brócolis. Em seguida, refogue-o em uma panela com azeite. Reserve.

Em outra panela, coloque a manteiga, um pouco de tempero e o caldo de galinha. Em seguida, acrescente o leite e deixe ferver.

Depois, adicione o brócolis refogado ao molho. Desligue o fogo e coloque o creme de leite.

Em seguida, monte uma camada de massa, o molho, o presunto, o queijo e assim sucessivamente.

Por fim, jogue o queijo ralado para gratinar.

Lasanha de brócolis

TRINTA E OITO

Carregou as duas caixas de salgados. O Cibéria ficava a duas quadras de casa. Estranhou um pouco estar por ali em plena tarde. Reparou como o hábito de trabalhar já se instalara nele. Escola pela manhã, almoço em casa, ônibus e Ferragem. Depois, ônibus de novo e volta para casa. No dia seguinte, tudo de novo, exceto aos sábados, quando não ia à escola pela manhã, mas trabalhava até uma da tarde.

Sentiu orgulho. Era o que os adultos faziam. Tinham suas atividades e, em torno delas, acomodavam o resto: família, diversão, estudos, preocupações. Quando foi contratado como aprendiz na Ferragem, Fortunato lhe disse: "Quem começa a trabalhar cedo se aposenta cedo". Rogério achava aquilo muito vago e distante. Não estava preocupado com aposentadoria, tinha ainda muito tempo, queria se divertir, passar de ano, arrumar o computador, trocar de celular, encontrar uma namorada.

Pensou em Lia Tartini Gama na UTI, cercada de cuidados, remédios e carinho. Evoluía, se salvava. Desconhecia a melhor forma de lidar com o *pen drive*. Devolver? Jogar fora? Apagar todos os conteúdos e ficar com o dispositivo? Não, o melhor era jogar no fundo da bagunça de sua gaveta. Esquecer. Decidiu: vou fazer isso mesmo, esquecer.

Assim o assunto ficava encerrado, ou melhor, soterrado. Nada de bisbilhotar a vida de Lia. Desnecessário saber o gosto musical dela, quais eram seus pintores preferidos, as receitas a serem testadas, os lugares que sonhava conhecer.

Pararia mesmo de espiar pelo buraco daquela fechadura cor de laranja e prata?

O Sr. Popular se veste bem para um guri. Jeans de marca, sempre em boas condições, camisetas discretas e passadas. Vou chamá-lo de guri só por causa da idade, só por isso. Porque ele tem altura e corpo de homem. Tem fácil, fácil, 1,80 m. Certamente faz academia, dá pra ver nos braços e ombros dele. Não é aquela coisa exagerada, artificial. No caso do Sr. Popular, os músculos parecem naturais e harmônicos. Uma vez, tirei foto dele e ele nem percebeu. Acho que eu poderia ser uma espiã. O queixo é elegante e, meu Deus, ele deixa a barba por fazer. Consigo ouvir o barulhinho das minhas unhas passando de leve pelos pelinhos.

Tenho de dedicar um parágrafo especial aos cabelos do Sr. Popular. São castanhos como os meus, um tom mais escuro. Aquela vez, quando ele estava bem perto, consegui sentir o perfume de xampu de maçã verde. Juro. Adoro! E os cabelos dele são cheios, quase compridos, nunca dá pra saber quando ele vai ao barbeiro. Pior, ficam sempre arrumados, mesmo após a partida de futebol! Atenção: será que o Sr. Popular é do tipo que cuida demais da aparência? Muito vaidoso? Já ouvi dizer que ele é metrossexual. Qual o problema? Já ouvi dizer que ele é gay. Qual o problema? Bom, problema nenhum, mas seria uma pena para mim.

Dobrou a esquina. Passava das cinco, o Cibéria já estava aberto. Foi recebido por uma das moças que trabalhavam no botequim. Cabelo crespo preso e sorriso. Rogério calculou a idade dela em vinte e poucos. Não era muito alta e usava blusa apertada. A outra moça estava atrás do balcão verificando algo no celular.

— Os salgados da dona Maria — disse Rogério.

Ela agradeceu, abriu a tampa, cheirou de modo teatral.

— Hmmm, delícia!

E disparou a conversar, fez várias perguntas, sem esperar pelas respostas. Enquanto conversava, passava um pano sobre o tampo das mesas, ria.

— Tu é parecido com teu pai — disse ela. — Só é menorzinho.

— Sei... E o Leocânico?

— Ele vem só mais tarde. Nesse horário, tá envolvido com os negócios dele. Peraí, vou pegar o teu dinheiro.

Negócios? Quais negócios seriam? A mãe tinha intuições, nunca simpatizara com Leocânico. Rogério bem sabia como era dolorido a mãe atender esse freguês em particular. Os tais negócios não deviam ser honestos, o mecânico metido com o botequim estaria envolvido com gente da pesada, traficantes. O Cibéria seria só fachada, uma maneira encontrada de lavar o dinheiro dos criminosos. Como saber ao certo? Eram rumores, fofocas do bairro. Recordou da história de Lia, "Verde ou nada". Os comentários sobre Leocânico tinham a mesma velocidade da onda verde a tomar conta de tudo.

A outra moça saiu de trás do balcão. Era bonita, alta e menos sorridente. Estendeu as notas presas por um clipe com papel branco onde se lia: *Salgados*.

Rogério agradeceu e saiu.

Da outra ponta da rua, viu o pai se aproximando. Vinha distraído, olhando o celular. Rogério, sem saber o motivo, correu e se escondeu na esquina. De novo usou o artifício de amarrar o cadarço do tênis enquanto espionava. Estava ficando craque em espionagem. Primeiro, a moça atropelada. Agora, o pai. Achava errado, tinha de parar. Só não sabia como.

Fortunato cumprimentou alguém que passava. Trocaram algumas palavras e apertos de mão. Em seguida, Rogério viu o pai entrar no Cibéria.

TRINTA E NOVE

CAPÍTULO QUATORZE

Alguns meses se passaram sem que ninguém conseguisse deter o avanço verde. Desertos, geleiras, ilhas, montanhas, florestas. Nada escapava.

<u>Verde ou nada.</u>

A República Verde aumentava de tamanho, uma só bandeira tremulando ao vento.

<u>Verde ou nada.</u>

As pessoas continuavam sendo mandadas para a cadeia se duvidassem que o verde era a única cor.

Os cientistas lançaram um foguete ao espaço. E assim que a nave entrou em órbita, o astronauta tranquilizou a todos:

"A Terra é verde".

CAPÍTULO QUINZE

A Terra era verde.

Não existia
outra cor.

A guerra chegara ao fim.

O único problema que o governo da República Verde ainda tinha era com os poucos subversivos. Todos estavam presos, é claro, mas não deixavam de ser inimigos.

O programa de reabilitação nas prisões não tinha 100% de eficiência. Quando funcionava, era motivo de festa.

Um dos prisioneiros mais antigos finalmente se rendeu ao verde. Aceitou que o mundo estava mudado, era outro. Passou a acreditar na única cor permitida.

O governo usou o exemplo do prisioneiro reeducado para mostrar a todos que os rebeldes, cedo ou tarde, se adaptariam à nova realidade.

As emissoras de rádio e televisão foram convocadas para um importante pronunciamento oficial.

O dia escolhido foi um domingo. Horário: oito da noite.

Houve muita propaganda sobre o pronunciamento e as pessoas não falavam de outra coisa, esperavam ansiosas pelo grande dia. Quando as guerras terminaram, havia muito pouco ou nada com o que se preocupar, assim qualquer novidade era aguardada com grande expectativa.

O dia do pronunciamento chegou.

Rádios e televisões transmitiam ao vivo para o planeta verde inteiro. Um ministro de Estado apareceu e deu início ao show.

"Boa noite, povo da República Verde. O dia de hoje é especial para nós, membros do governo, e para toda a população também."

A TV mostrou a plateia aplaudindo com entusiasmo.

O político ergueu os braços, pedindo que o deixassem falar.

"Vou lhes apresentar um homem reabilitado para a sociedade da República Verde. Um homem que, depois de passar pelo nosso plano de reeducação, tornou-se um legítimo cidadão de Verde."

O público aplaudiu.

"Isso mesmo, aplaudam esse homem, esse novo cidadão." O ministro bateu palmas, afastando-se do microfone.

Um homem magro, com rugas verdes no rosto verde, apareceu e assumiu o lugar do orador.

"Boa noite, povo de Verde", falou, pouco à vontade com as câmeras, os microfones e as luzes. "Estou aqui hoje para contar a minha história."

O público voltou a aplaudir.

"Eu tinha uma casa", disse ele. "Uma casa branca com as janelas vermelhas... Me perdoem por falar essas duas palavras ilegais."

"Verde ou nada! Verde ou nada!"

"No princípio", continuou, "eu não aceitava o verde. Fui preso e na cadeia conheci um deputado. Ele não acreditava no verde. Lá também conheci um velho barbudo. Ele se escondia do verde em uma caverna no alto de uma montanha gelada e não acreditava no verde. Conversei muito com eles sobre tudo o que estava acontecendo. Nós três, bem como outros prisioneiros, entramos para a escola da prisão, onde aprendemos que o verde é a única cor. Verde ou nada!"

141

Dessa vez os aplausos entusiasmados duraram cinco minutos.

"Sim", falou o prisioneiro reeducado. "Hoje eu acredito, o verde é tudo. Só existe o verde, não é?"

O público respondeu que sim, o verde era tudo, a única cor que existia, verde ou nada, verde ou nada!

"Muito bem, povo de Verde, então deixem eu mostrar uma coisinha."

Houve um súbito silêncio.

O ministro ficou sem entender. O pessoal da TV também. Aquilo não estava no roteiro. O que ele ia mostrar?

O homem pegou uma faca verde e mostrou para as câmeras.

"Vejam, povo de Verde! Vejam isso!"

A plateia estava muda.

Com um golpe rápido, fez um corte longo na palma da mão verde.
Aí exibiu o ferimento.

"Vejam!", ordenou em triunfo.
"É sangue! É do que somos feitos!"

O pronunciamento foi retirado do ar.

QUARENTA

Maria aproveitou bem a presença do filho em casa.

— Meu filho, vai ali no mercado e me compra duas latas de óleo.

Deu a marca e o valor em dinheiro.

O mercado ficava no lado contrário ao Cibéria. Como Fortunato estava demorando para chegar, Rogério resolveu confrontá-lo. O que tanto ele faz lá? Começou a beber? De jeito nenhum. Era raro o pai e a mãe consumirem bebidas alcoólicas. Dividiam uma latinha de cerveja de tempos em tempos.

Então, por que passara a frequentar o boteco? Estaria interessado em alguma das garçonetes? Eram jovens e bonitas, precisava admitir. Mas o pai seria capaz disso? E o empresário paranaense da zona norte? Era tudo mentira?

Precisava esclarecer tudo. Acelerou o passo e entrou no botequim. Fortunato estava atrás do balcão, junto com Leocânico. Conversavam em voz miúda. Aí tem, Rogério pensou, indignado.

— Filho? — Fortunato se espantou.

— Oi, pai — disse Rogério. As palavras saíram moles, diferentemente de seu olhar, duro e agudo.

Leocânico sorriu, saudou o menino. Fortunato pediu um momentinho ao dono do Cibéria, contornou o balcão e levou o filho até a calçada.

— Senta aí, parceiro.

Rogério obedeceu.

— O que foi?

A pergunta do pai o engasgou. Bem, ele precisava saber por que o pai passava tanto tempo no Cibéria em vez de sair para procurar emprego. Era hora de perguntar. Tossiu, engoliu em seco, olhou o tampo da mesa.

— Fala, filho.

— Bom... eu... — As palavras secaram. A coragem inicial murchou e agora desconhecia a melhor maneira de prosseguir.

O pai o ajudou:

— Quer saber o que eu tô fazendo aqui, certo?

Rogério sacudiu a cabeça: sim.

Fortunato sentou e contou. Tratava-se de uma oportunidade de trabalho.

— Trabalho?

O pai confirmou.

— E a fábrica de esquadrias?

Fortunato respirou fundo.

— Não deu em nada. Eles preencheram a vaga.

— Mas e...?

— Eu sei. Menti pra tua mãe. E pra ti. Mas posso explicar. Um dia, pra não chegar muito cedo em casa, sentei aqui. Era só pra matar tempo, viu? Aí o Leocânico apareceu, puxou conversa e tal.

A moça de cabelos crespos e grande sorriso apareceu com a bandeja. Um prato com petiscos variados e duas latinhas de refrigerante.

— É cortesia da casa — ela disse e saiu.

Rogério inspecionou os petiscos. Metade era sua mãe quem fazia. No momento, fome e sede passavam longe de suas necessidades. A história do pai era bem mais importante.

— Aí começamos a trocar umas ideias. Falei sobre como o balcão ficaria melhor onde tá agora. Tá vendo ali? Abriu espaço e colocamos outra mesa. E também consertei a janela lá do fundo. Ela tava empenada.

— E vocês ficaram amigos? É isso?

— É, de certa forma. O importante é que ele me convidou para trabalhar.

— No Cibéria?

O pai sorriu.

— Como a tua mãe não gosta do Leocânico, achei melhor ficar quieto.

— Mas e tu aceitou?

— Aceitei.

— Vai fazer o quê?

— Vou ser o gerente do Cibéria — o pai disse com orgulho. — Estamos bolando algumas modificações, planejamos até fazer uma inauguração de verdade.

— E por que ele te escolheu?

— Bom, ele tinha esse sonho de ter um boteco. Só que dá muito trabalho, e ele não pode descuidar da oficina. É lá o ganha-pão dele.

— E as coisas que o povo fala? Que ele tá metido com traficantes, bandidos?

Fortunato riu.

— Mentira. O Leocânico é do bem. Trabalha feito doido e é competente. Por isso ele tem grana.

— Será?

— Eu te garanto, parceiro. Povo gosta de falar. Tem inveja de quem sobe na vida.

Rogério passou o dedo pelo alumínio frio da latinha. É, podia ser mesmo essa a explicação.

— E vai contar pra mãe?

— *Nós* vamos, parceiro.

QUARENTA E UM

A tensão marcou a conversa com Maria. Ela estava convicta de que o tal Leocânico era desonesto. Fortunato argumentava, ela rebatia. A certa altura, Maria olhou Rogério, como se ele tivesse a palavra capaz de desempatar o embrulho. O menino resolveu se meter:

— Pai, esse cara já foi preso? — Bancou o juiz.

— Nunca. É só colocar o nome e o CPF dele no sistema e não vai aparecer nada. O Leocânico nunca sequer foi processado por algum dos seus funcionários ou ex-funcionários. Eu sei do que eu tô falando, porque pesquisei a vida dele.

— É mesmo? — Maria se espantou. Conhecia o marido. Ele não brincava quando o assunto era sério. — Mas então...

— As pessoas gostam de falar. É isso.

Maria precisou de bastante conversa para se convencer, mas, no fim, concordou com a decisão do marido. Com uma exigência. Se ele desconfiasse de qualquer coisa, devia pedir as contas de imediato.

Rogério sentiu segurança nas palavras do pai, ficou tranquilo. Conhecendo a mãe, sabia como ela precisaria de alguns dias até digerir a história toda. Ficou feliz pelo pai. Estava desempregado há meses, pessimista, sem perspectivas de encontrar algo.

Somos todos Lia

Na internet encontrou outra notícia animadora: Lia Tartini Gama se recuperava rápido. Conforme as postagens na página *Somos todos Lia*, em breve ela seria transferida da UTI para um quarto. A mãe da jovem escreveu algumas palavras: *Nossa família agradece o apoio de todos. Temos certeza absoluta de que nossa fé e a corrente positiva da família, dos amigos e até de desconhecidos foi fundamental na recuperação de Lia. Deus os abençoe.*

Rogério espetou o *pen drive* na entrada USB. Viu as pastinhas amarelas e sentiu certa nostalgia, porque sabia o que precisava fazer. Ia devolver o dispositivo à dona. Mas, antes, precisava conhecer o fim da história.

QUARENTA E DOIS

CAPÍTULO DEZESSEIS

O comercial de Verde Super apareceu de repente na TV, interrompendo a imagem chocante da palma da mão sangrando.

Um homem e uma mulher sentados em suas poltronas verdes, ele bebendo cerveja verde, ela pregando botões verdes na camisa verde de flanela, se olharam. Algo estranho e irresistível aflorou dentro dos olhos daquele casal comportado.

Ela apanhou a agulha verde e a espetou no seu dedo verde.

O sangue pingou e pingou e pingou sobre a agulha.

Os dois ficaram fascinados. Nunca tinham visto nada tão lindo.

Tinham uma agulha todinha vermelha.

QUARENTA E TRÊS

Dias depois, a polícia solucionou o assalto à Dirceu Ferragem Múltipla. Câmeras de segurança de empresas próximas à loja flagraram o carro no qual os três bandidos embarcaram após o roubo. As imagens eram nítidas, dava para ver a placa do automóvel, os rostos dos três assaltantes e boa parte dos equipamentos que carregavam nos braços.

Eles eram de famílias de classe média. Nenhum tinha antecedentes criminais. Os advogados alternavam discursos. Ora se tratava apenas de brincadeira, ora de um protesto político contra a exploração dos funcionários da Ferragem, ora da influência de outro envolvido no plano.

A bibliotecária contou a Rogério:

— Teu amigo, o Gomes, não vai voltar pra escola.

— Ué, desistiu?

— A mãe conseguiu clínica pro marido no interior.

Contou que o pai de Gomes tinha problemas com bebida e a mãe se desdobrava na tentativa de dar conta dos filhos e das internações do marido. Gomes tinha um irmão menor do qual Rogério nunca ouvira falar.

— Mas pior é o pesadelo das famílias desses guris que roubaram a Ferragem onde tu trabalha.

No entender da bibliotecária, o problema eram as más companhias e o abandono dos pais.

— Não adianta depositar os filhos na escola — ela disse com o rosto azedo. — Esses pais tinham de ser mais presentes na vida dos filhos. Deu no que deu.

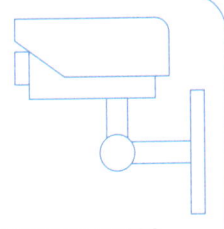

Rogério preferiu ficar fora desse debate, em parte porque se sentia no mesmo time dos jovens infratores. Por isso, no sábado após o expediente, iria até o Hospital de Pronto Socorro devolver o *pen drive*.

Havia várias pessoas no saguão do hospital, muitas com dor, outras tantas com medo. A cena era desagradável. Considerava improvável conseguir vê-la, porque parentes e amigos deviam fazer fila nos horários de visita. Mesmo assim avançou, deu o número do quarto e recebeu a etiqueta para colar no peito.

Apanhou o elevador, angustiado. Respirou fundo algumas vezes até percorrer o corredor. Percebeu a mão trêmula ao abrir a porta. Deixou para lá. Precisava ter coragem.

No quarto branco, uma mulher de óculos que olhava para o telefone ergueu a cabeça. Rogério logo percebeu a semelhança entre as duas.

— Pois não? — disse ela.

Lia largou a revista sobre o colo. Estava com a cabeça enfaixada e isso o deixou desconfortável. Achou-a diferente. Em nada lembrava a moça vista na rua, tão linda, no dia do acidente. Sobre o leito hospitalar, sua beleza lutava para vir à superfície.

— Oi, meu nome é... Rogério — disse. Sua voz saiu trêmula. Ele entrou, fechou a porta. O quarto estava iluminado por riscos de sol que se espichavam sobre o assoalho imaculado. Leve cheiro de remédio pairava no ambiente. — Desculpem, é que eu...

— Pode falar — disse Lia, encorajando-o.

— Vim só entregar... — e meteu a mão no bolso de trás da calça. Resgatou o envelope verde com arabescos em verniz comprado para embalar o *pen drive*. Abriu a aba e mostrou à paciente.

— Ah! — Lia se espantou.

— Que foi, minha filha?

Lia explicou ter perdido o dispositivo e esticou as mãos para recebê-lo. Chamou Rogério com os dedos.

— Licença — disse ele em tom inaudível.

Ela largou o envelope junto da revista, com repetidos agradecimentos, e o menino resumiu o ocorrido. Preferiu omitir a circunstância completa.

— Vocês se conhecem? — perguntou a mãe de Lia.

Rogério ia responder, mas Lia o atalhou:

— Mãe, dá uma licencinha?

A mulher observou os dois, franziu a testa e concordou a contragosto. Levantou, disse que pegaria um café e já voltava. Saiu.

— Então tu viu tudo?

Rogério confirmou com movimento de cabeça.

— Não sei o que me deu. Peguei teu *pen drive* e levei comigo. Desculpa.

— Tudo bem. — Ela procurou sorrir.

Aí ele tentou esclarecer os motivos pelos quais demorou tanto tempo até devolver o *pen drive*. O susto, o trabalho, a escola, o coma induzido. Havia ensaiado as frases. Porém, quanto mais falava, menos soava verdadeiro.

— Sei — disse ela.

— Na verdade... Bom... Eu acabei abrindo teus arquivos — confessou de olho na ponta dos próprios tênis.

Lia soltou uma risadinha.

— Eu faria a mesma coisa — disse. — Quem não faria?

Ele pensou em dizer que naquela situação deveria ter devolvido o *pen drive* de imediato e não o levado consigo. Optou por ficar quieto.

— Viu alguma coisa boa?

Rogério sentiu o rosto pegar fogo. Gaguejou. Ela riu, incentivou-o a falar.

— Gostei das músicas.

— Boas, né?

— Também gostei das obras de arte. Uma hora vou no Margs.

— Não espera — disse Lia.

O menino entendeu. A vida podia ser tragicamente curta.

— Vou, sim. Mas eu tenho um compromisso agora, então...

Lia voltou a agradecer e ele tornou a se desculpar. Na porta, antes de deixar o quarto, ele ainda disse:

— Ah, eu adorei a história. Verde ou nada! — tentou imitar os personagens.

Ela gostou do elogio.

— É um rascunho. Preciso trabalhar mais.

Rogério acenou e saiu enquanto a mãe de Lia voltava segurando um copo de plástico com café. Despediu-se dela e pegou o elevador.

Na recepção viu um rapaz alto, forte, bonito, muito bem vestido, com os cabelos castanhos impecáveis e a barba por fazer. Não teve dúvida, era o Sr. Popular. Rogério sorriu. Algo estava em andamento ou era apenas a visita de um colega?

— Oi, tu vai visitar a Lia, né?

O Sr. Popular foi pego de surpresa. Confirmou sem entender muito bem.

Rogério percebeu como o outro cheirava bem. Tirou a etiqueta com cuidado e a colou na camisa dele, na altura do peito, como se o estivesse condecorando.

— Tudo de bom pra vocês — disse e saiu do saguão.

Sentiu-se aliviado. Devia ter entregue o dispositivo na mesma hora do acidente, arrependia-se pela falta de atitude. De qualquer maneira, estava entregue. Com atraso, é verdade, mas o *pen drive* voltava para sua dona.

Desceu do ônibus e logo percebeu o movimento em torno do botequim. Era dia de inauguração. As mesas e cadeiras plásticas foram trocadas por novas, metálicas. A decoração interna estava no maior capricho. Usaram cinza, preto e elementos em madeira. As moças usavam aventais da mesma cor das paredes. No alto, a lona preta escondia a placa com o nome do estabelecimento.

Encontrou o pai e a mãe. Ela estava bonita, tinha se arrumado como há muito não fazia. Quando Leocânico chegou, brindaram muito e ouviram-se vivas. Ele fez breve discurso de agradecimento pela presença de todos. Junto das garçonetes, puxaram a cordinha e a lona sobre o letreiro foi liberada.

Em letras grandes e elegantes estava escrito *Sibéria*.

FIM

O autor

O criador da história de Rogério e Lia chama-se Luís Dill. Ele nasceu em Porto Alegre (RS) em 1965 e escreve desde 1990, tendo, portanto, mais de 30 anos de carreira. Nesse percurso ele publicou mais de 60 livros, entre literatura infantojuvenil e adulta, tanto em prosa como em poesia.

Luís Dill é também um autor bastante reconhecido e premiado. Recebeu prêmios importantes, como Açorianos, Biblioteca Nacional, Flipoços e Livro do Ano da Associação Gaúcha de Escritores. Quatro de suas obras foram finalistas do Jabuti, o mais importante prêmio literário brasileiro – uma delas é o livro *80 degraus*, publicado pela Palavras. Alguns de seus livros, como *Rabiscos* (Editora Positivo, 2019) e *Cotidiano, paixões & outros flashes* (Editora Lê, 2019) receberam o selo Altamente Recomendável da Fundação Nacional do Livro Infantil e Juvenil (FNLIJ).

A artista

Carla Chagas nasceu na cidade de Recife, em Pernambuco, em 1978. Formou-se em Publicidade e Propaganda e fez pós-graduação em Design. Atua há mais de 15 anos como diretora de arte e diretora de criação em agências de publicidade de Pernambuco e de São Paulo. Paralelamente, Carla se dedica a projetos independentes como designer, e este já é seu quarto projeto gráfico desenvolvido em parceria com a Palavras e com a Palavrinhas.

CRÉDITOS DE IMAGENS

Página	Créditos
9	Fernanddo Santtander/The Noun Project
11	Trimaker/Shutterstock
13	Saepul Nahwan/The Noun Project; Sergey Demushkin/The Noun Project
15	Jessica Gelzinus/The Noun Project
16	Creative Stall/Shutterstock; Samuel Maciel/Shutterstock; HiSunnySky/Shutterstock; AcantStudio/Shutterstock
17	Line – design/Shutterstock; PiconsMe/Shutterstock
18	Sergey Demushkin/The Noun Project
19	davooda/Shutterstock
20	icon Stocker/Shutterstock
23	Design Door/Shutterstock
29	Emmewhite/Shutterstock
31	Jessica Gelzinus/The Noun Project
32	andromina/Shutterstock
33	Siberica/Shutterstock; Roberto de Souza/Shutterstock; Anatolir/Shutterstock; berry2046/Shutterstock; Creative Stall/Shutterstock; Ricardo Beliel/BrazilPhotos/Alamy Stock Photo
35	Nadiinko/Shutterstock
37	Lilian Og
39	ANTSTUDIO/Shutterstock
41	ONYXprj/Shutterstock
48	Satoshi Kikyo/Shutterstock
51	AAVAA/Shutterstock
53	FixiPixi_Design_Studio
54	MAKSIM ANKUDA/Shutterstock; Anna_leni/Shutterstock
55	Angela_Macario/Shutterstock; ISBEL DIAS/Shutterstock, VectorPlotnikoff/Shutterstock; Lera Efremova/Shutterstock; Golden Shrimp/Shutterstock; Creative Stall/Shutterstock
57	KP Arts/Shutterstock; popcornarts/The Noun Project
58	bakulmie03/Shutterstock
68	Sergey Demushkin/The Noun Project
69	Jessica Gelzinus/The Noun Project
70	ArtMari/Shutterstock; Olesia Barhii/Shutterstock; yayasya/Shutterstock; Creative Stall/Shutterstock
71	MAKSIM ANKUDA/Shutterstock; PiconsMe/Shutterstock; Historic Collection/Alamy Stock Photo; PhotoStock-Israel/Alamy Stock Photo
72	Fernanddo Santtander/The Noun Project
74	MAKSIM ANKUDA/Shutterstock
75	MAKSIM ANKUDA/Shutterstock
77	Amovitania/Shutterstock; Runrun2/Shutterstock; chempina/Shutterstock; Exotic vector/Shutterstock; Creative Stall/Shutterstock; AGB Photo Library/Alamy Stock Photo
80	8CONS/Shutterstock; PiconsMe/Shutterstock

81	Luis M. Seco/Shutterstock; diy13/Shutterstock; Maryna Stamatova/Shutterstock; Oph Elia/Shutterstock; Creative Stall/Shutterstock
86	Melok/Shutterstock; bioraven/Shutterstock; Iliveinoctober/Shutterstock, gomolach/Shutterstock; Creative Stall/Shutterstock
87	8CONS/Shutterstock; BigMouse/Shutterstock
89	davooda/Shutterstock
95	Ulkar Gurbanova/Shutterstock
96	THP Creative/Shutterstock
97	THP Creative/Shutterstock
105	bsd studio/Shutterstock
108	ToKa74/Shutterstock; Napat/Shutterstock; g_tech/Shutterstock; Golden Shrimp/Shutterstock; Creative Stall/Shutterstock; Lera Efremova/Shutterstock
109	davooda/Shutterstock; 8CONS/Shutterstock
110	AVA Bitter/Shutterstock; Roberto de Souza/Shutterstock; Creative Stall/Shutterstock; Icojam/Shutterstock; yayasya/Shutterstock; Historic Collection/Alamy Stock Photo
111	8CONS/Shutterstock; PiconsMe/Shutterstock
113	yellowline/Shutterstock
114	MAKSIM ANKUDA/Shutterstock
126	MAKSIM ANKUDA/Shutterstock
127	AVA Bitter/Shutterstock; Croisy/Shutterstock; Olga_C/Shutterstock; Vera Serg/Shutterstock; Creative Stall/Shutterstock
128	Wagner Santos de Almeida/Shutterstock; Mariia Kozina/Shutterstock; niiavko/Shutterstock; Creative Stall/Shutterstock
129	PiconsMe/Shutterstock; 8CONS/Shutterstock
131	matsabe/Shutterstock
133	Kate Macate/Shutterstock; Epine/Shutterstock; bioraven/Shutterstock; mart/Shutterstock; Creative Stall/Shutterstock
147	Martial Red/Shutterstock
149	Jessica Gelzinus/The Noun Project
153	AVIcon/Shutterstock
154	Trikona/Shutterstock; Net Vector/Shutterstock; OscarDominguez/Shutterstock; Picksell/Shutterstock; Trimaker/Shutterstock
157	IRINA SHI/Shutterstock
158	Siziane Koch; Arquivo Pessoal
160	Trimaker/Shutterstock

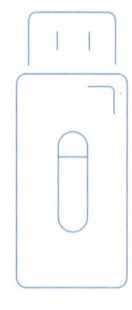

Livro composto com as seguintes fontes:
Myriad Pro, desenhada por Carol Twombly e Robert Slimbach; Agent 'C', desenhada por Carl Leisegang; ITC American Typewriter, da Monotype; Art Post, desenhada por Imagex Fonts; Baskerville URW, da URW Type Foundry; Courier New, desenhada por Adrian Frutiger e Certa Serif, desenhada por Glen Jan.

Foi utilizado o papel cartão 250 g na capa e o papel offset 90 g no miolo.
Impresso na gráfica Elyon em abril de 2023.